最好的我们，最好的爱

演讲与口才杂志社◎编著

中国财富出版社有限公司

图书在版编目（CIP）数据

最好的我们，最好的爱 / 演讲与口才杂志社编著. —北京：中国财富出版社有限公司，2023.5

ISBN 978-7-5047-7748-5

Ⅰ.①最… Ⅱ.①演… Ⅲ.①故事–作品集–中国–当代 Ⅳ.①I247.8

中国版本图书馆CIP数据核字（2022）第140161号

策划编辑	郭　玥	**责任编辑**	张红燕　郭　玥	**版权编辑**	李　洋
责任印制	尚立业	**责任校对**	卓闪闪	**责任发行**	杨恩磊

出版发行	中国财富出版社有限公司	
社　　址	北京市丰台区南四环西路188号5区20楼	**邮政编码**　100070
电　　话	010-52227588 转 2098（发行部）	010-52227588 转 321（总编室）
	010-52227566（24小时读者服务）	010-52227588 转 305（质检部）
网　　址	http：// www.cfpress.com.cn	**排　版**　宝蕾元
经　　销	新华书店	**印　刷**　宝蕾元仁浩（天津）印刷有限公司
书　　号	ISBN 978-7-5047-7748-5 / I · 0346	
开　　本	710mm×1000mm　1/16	**版　次**　2023 年 5 月第 1 版
印　　张	15	**印　次**　2023 年 5 月第 1 次印刷
字　　数	201千字	**定　价**　48.00 元

目录
CONTENTS

下篇

温暖的校园

上篇

温暖的家庭

青春的迷惘，成长的困惑

你想要的答案都在这里

解码青春期　解答青春期情感迷惘

解决你成长中的烦恼　**心理健康课**

趣味小测试　你的性格是哪种颜色

畅聊青春期酸甜苦辣　**快乐聊天室**

扫码解锁

我不曾长大，你不曾放下

宁静致远

一

我曾经不无愤慨地对同学阿珠说："他可是我见过最笨的人了！"

阿珠的嘴巴张了张，刚想跟我说些什么，我的话语已如同连珠炮般向她砸了过去。

"我自行车坏了，本来是一点小毛病，可他连这都修不好，还是我自个儿鼓捣好的。""我的滑板滑起来不那么溜了，明明就是点一点儿润滑油的事儿，他竟然都不知道。""家里的电视机收不到信号，其实就是机顶盒插头松动了，他半天都没有发现，还是我重新插上才好的。"……

说话时我的脸应该是涨得通红的，这期间阿珠张了几次嘴，但最终都在我强大的气场压制下，不得不选择了闭上嘴。

到了最后，我叹了口气，说："就这样了，反正他也改变不了，爱怎么样就怎么样吧，走了啊！"我走了，留给阿珠一个决绝的背影。

二

阿珠是我的死党，这么多年来，我俩都是相依相伴。晚上有了空闲，我还会躺在被窝里与她视频通话，以至于妈妈有次听我在那儿说话，还以为我早恋了，非要让我交代清楚。

最后我把视频通话记录亮到她面前，她这才相信并说："和你聊天的还真是那个阿珠啊，改天有时间让她来家里玩，我给你们做好吃的。"

正是因为这样，我才在阿珠面前狠狠地说他的种种不是，要是换成旁人，我才不会说这么刻薄的话呢！

有一天，妈妈出差去了外地，而我们班里组织秋游，老师提前说了，让带些吃的东西。我跟他说了，他头也不抬地说："想带什么自己拿，实在不行自己去买！"

我气呼呼地说："你怎么也得帮我整理东西吧？"

他给我顶了回来："自己的事情自己做，再说了，我怎么知道你喜欢吃什么东西？"

这句话真的是刺伤了我的心，这么多年，他竟然连我喜欢吃什么都不知道！难道在我们的相处过程中，他一直在梦游吗？

三

在储藏室里，我故意把东西翻得乱七八糟，并把书包塞得满满的，我就是让他看看，离开了他，我照样可以把事情做好。

偏偏事与愿违，我下楼买东西的时候，不小心崴了脚。每走一步，都疼得我龇牙咧嘴，只得坐在一旁的石磴上歇息。我给他打电话，他倒是很快就过来了，一看我的模样，第一句话说的竟然是："应该能自己走吧？"

我当时气就不打一处来，狠狠地回敬说："脚没断，能走！"他似乎没有听出我的不满，心平气和地说："那好，自己走到车旁边，我领你去医院检查。"

他刚说完，我就站了起来，用一只脚跳着"走"。我想着他一定会跑过来扶我一把，没想到他竟然在后面稳稳地跟着。后来我总算跳到了车边，拉开车门，坐了进去，他也随即坐了进去。

车很快就到了医院，我下了车，依然用一只脚跳着往前面"走"，他要过来扶我，我甩开了他的手。他没有坚持，就那么悠闲地跟在我后面。

片子拍过了，我的脚并无大碍，只不过是肌肉拉伤而已。回去的路上，他开着车，许久都没有说话，我抿着嘴，也是一言不发。快到家的时候，他突然说了一句："你皮糙肉厚，哪能那么不经崴呀！"我狠狠地瞪了他一眼，心里一下子被气给充得满满的。

四

因为崴了脚，我只得跟老师请了假，秋游是去不成了。躺在床上歇息的时候，我想象着班里的同学们在野外玩得开心的场景，心里升腾起一股对他的怨恨。如果他能够为我准备好东西，我又怎么会崴脚呢？

正在胡思乱想中，门被轻轻地敲响了，我生气地说："进来吧！"

他站在门口，一脸平静地问："中午想吃什么？我给你做。"

我回答说："做什么吃什么！"

他是厨艺高手，平日里我最爱吃他做的红烧肉了，泛着油光的肉块，入口即化，吃着很是过瘾，可今天我是不会这样说给他的，他这么不关心我，又说我皮糙肉厚，我又何必去求他去为我做什么饭呢？

我想着他应该知道我对他不满了，或者说他应该知道愧对于我了，他也许会说："要不我做红烧肉，怎么样？"

可是没有，他听了我的话，又轻轻地退了出去，连一个轻微的叹息都没有给我留下。

那天他做的是红烧肉，我在吃的时候，心里就想，都说父爱无声，难道他也是在用这样的一种方式表达对我的爱？

五

阿珠秋游回来了，她做的第一件事就是来看我。

她一进门，就冲着我扑了过来，用手臂紧紧环着我的肩膀，笑嘻嘻地说："阿丁，秋天的景色真是太美了，你没有去，真是太可惜了！"

我一把推开她，气呼呼地说："我不想去吗？明知道我去不了，来了先给我说这么一句，你是故意来气我的吗？"

阿珠被我推了一个趔趄，但她没有恼怒，只是满脸委屈地说："我这不是着急来给你讲讲嘛，你看你还这样说人家！"

我赌着气质问她："你倒是兴高采烈的，你觉得我能高兴起来吗？"

阿珠忙不迭地挥了挥手说："对不起了，我的大小姐，算我嘴巴臭，不会说话啦，请你原谅！"说完这句话，她又嘀咕了一句，"反正啥时候都是你有理儿，人家没理儿。"

我扑哧一声笑了，绷了太久的脸再也坚持不住了。阿珠见我笑，拳头轻轻地落在我的胸口。我顺势一歪，躺在了床上，嘴里叫道："哎哟，报复也没这么狠的吧？"

阿珠才不理我呢，就在那儿喋喋不休地讲起了秋游的经历：一班同学去了城外的森林公园，那里有一处山坡，满山的黄叶煞是美丽，阳光甚好，天空湛蓝。

六

阿珠说："我们玩得很开心，只不过中午吃得有些不尽如人意。"

我有些疑惑不解，阿珠解释说："带过去的东西都凉了，我最怕吃凉东西了，一吃就肚子疼，可又不能不吃，还是在家里吃热乎乎的饭菜好！"听到这话，我的心里就是一动，色泽油亮的红烧肉，散发着袅袅热气，那感觉是何等温馨！

我跟他的关系在一点点恢复着。他依然冷冷地待我，可我没有了对他的怨恨。

后来阿珠告诉我，他其实跟她说过，他要把我培养成独立自主的女孩子，看着我笨拙地去做，也是想着去搭把手的，可后来还是忍住了，他不想前功尽弃，在他冷漠的外表下面，其实隐藏着一颗火热的心。

阿珠还说，秋游那天她的感慨，其实是他让她那样说的。他说了，没有谁不会被一道热乎乎的美食打动的。刹那间，我明白了，其实我是不曾长大的，而他也是不曾放下过我的。我现在最想对他说的一句话是：老爸，谢谢你！

妈妈是上帝赠给孩子的一面镜子

连　谏

一

她5岁的时候，母亲就过世了。父亲工作忙，就把她送到了奶奶家。

直到她13岁那年的春天，父亲突然要把她接回去，因为他再婚了，新妻子可以帮他照顾她。

天呐，她想起了白雪公主的后妈，想起了灰姑娘的后妈，不禁号啕大哭。

一进门，后妈就拉着她的手夸她漂亮，还送给她很多礼物。她耷拉着眼皮，一声不响地看着这个陌生的女人，心想：你就装吧，早晚有一天我会揭下你虚伪的面纱。

接下来的日子，她像只警觉万分的小兽，时刻提防后妈。可一天天过去，后妈非但没趁她爸爸不在家时逼她干这干那，反而经常陪她聊天，在街上遇到熟人时，她总会对人家说："这是小茹啊，我女儿，今年读初一了。"

她心里那个烦啊，想说谁是你女儿。

无论后妈在别人面前怎样夸她，她总是一脸的漫不经心，好像一切与她无关。

在奶奶家住了这么多年，奶奶要多宠她就有多宠她，她一天比一天跋扈，虽然学习成绩不好，但总有几个崇拜她的孩子追在屁股后，她得意极了。

有一天晚上，她起来上厕所时，隐约听见爸爸好像正在和后妈商量给她转学的事，后妈不同意，说单是逃避外在环境是没用的，关键是让孩子树立正确的人生观。

她恨恨地想，说得真好听，说白了，不就是怕花钱嘛。爸爸同意了后妈的建议。她忽然有种被抛弃的感觉，爸爸再婚前，她只是失去了妈妈，爸爸再婚后，她连爸爸也失去了，因为在爸爸眼里，只有后妈。

二

有一次，后妈帮她洗书包时，发现了一包香烟，她迎着后妈惊讶的目光，一脸的无所谓，她猜得出后妈会怎么做——现在装好人，背后告诉爸爸，让爸爸骂她一顿。

后妈只是看着她的香烟，愣了一下，然后说："小茹，你也学抽烟了？"

见她没吭声，后妈就神秘兮兮地说："我也抽过呢。"

她一惊，心想，后妈果然不是个好女人，在电视上，只有坏女人才叼着支烟。突然地，她对香烟产生了反感，一把夺过香烟，扔进垃圾桶里，不屑地说："谁说我抽烟了？这是我同学的，只有坏女人才抽烟。"说完，狠狠地剜了她一眼。

因不想被后妈当成同类，她再也没抽过烟。

她喜欢上了班里的一位男生，人帅成绩也很好，她偷偷地给他写了好几封情书，他没理她，更要命的是她写情书的事被班主任知道了，当班主任来家访时，只有她和后妈在家。

她吓得躲进卧室不敢出来，隔着门，听到班主任对后妈说了她很多的问题，让后妈多管管她。

老师走后，后妈来敲门，她以为后妈肯定会抓住这些把柄，狠狠奚落她一顿。

她抬头看着窗外的树枝，摆出一副死猪不怕开水烫的架势。

后妈却没有发难，倒是拉着她笑吟吟地端详了一会儿，说："小茹，你知道为什么会有男生给你写情书吗？"

她垂着头，心想，觉得我是个坏孩子就直接说得了，干吗拐弯抹角的？

后妈却说："那是因为你有很多优点，他又不知道该怎样赞美你，所以才给你写情书，其实像你们这个年纪，根本就不知道爱情是怎么回事呢，他这么做就是想让你知道，他很欣赏你。"

她瞠目结舌地看着后妈，这个女人究竟是装傻还是真傻？明明是她给那男生写的情书！然后，后妈很认真地让她带那位男生来家里写作业，说要好好招待他。

她没有带那位男生回家，并且再也没给他写过情书。因为她想通了，自己那么喜欢他，是因为他身上有很多优点，而他对自己的喜欢置之不理，原因只有一个，她身上没有值得他喜欢的优点。

为什么？为什么自己身上没有一点他喜欢的优点呢？

突然地，她感到那么羞愧。突然地，她那么想做一个被人喜欢的人。那种感觉，应该很幸福吧？

三

有些时候，她觉得后妈很可笑，每当家里来了客人，她总是要和客人吹牛说她不仅越长越漂亮，还越来越淑女了，学习成绩提高得也很快。

那时，她真想站起来大声说："别听她撒谎，我学习成绩一点都没提高，我还和以前一样是令人头疼的问题少女。"

可是，看着客人们赞许的目光，她还是忍住了，谁不想被人表扬被人赞美啊？哪怕这表扬名不副实，这种感觉可比冷嘲热讽好多了。她许久没被人这样赞美过了。

有一次，她考完试后，后妈在饭桌上兴冲冲地和爸爸说："咱家小茹进步真快啊，这次考试，成绩又比以前提高了呢。"

爸爸用赞许的目光看着她，说："不错。"

后妈喜洋洋地说："放心吧，有妈妈的优良基因，小茹肯定差不了。"

开始，她还在心里窃笑，只不过比上次多考了五分而已，值得这么大惊小怪吗？可一听她提起妈妈，就暗自惭愧了起来，以前常听奶奶说妈妈是名牌大学毕业生，工作后是公司骨干，可惜后来生了病。要是妈妈活着，看到她现在的样子会不会伤心呢？

四

晚饭后，她躺在床上看妈妈的照片时，后妈进来了，坐在她床边，和她一起看照片，眼里没有嫉妒也没有吃醋，而是小心翼翼地抚摩着她的头发说："小茹，今天晚上妈妈一定在天堂看着你笑呢，因为你又进步了。"

她轻轻扫了后妈一眼，小声问："你说，人真的有灵魂吗？"

后妈肯定地点点头说道："有的，妈妈肯定是每天都在天堂注视着你，每个夜晚都会悄悄地飞回来看你，因为你是她最可爱的宝贝。"她忽然地有些难受，忐忑地问后妈："妈妈会不会对我失望呢？"

后妈说："每一个孩子都是一棵小树苗，小树苗在风雨中偶尔有长歪的时候，但是，每一棵树苗都有矫正自己的机会，当小树苗自己长直了，就是送给父母最好的礼物。"

后妈又告诉她说："感谢你的妈妈送了这么好的礼物给我。"这是第一次，后妈拉她的手时，她没有抽走，甚至还把头歪靠在后妈的肩上，很踏实也很温暖。

后来，她渐渐地变了，每当要和同学吵架时，她就会想起后妈说的话，天堂里的妈妈一直在看着自己，当妈妈看见她面目狰狞地和同学吵架时，妈妈一定很伤心。为什么，她不能让别人看见自己时露出赞许的微笑呢？她试着去做一个让每个人看见自己都会微笑的女孩，那种感觉，像是在阳光照耀的午后穿行，天堂的妈妈看到，也笑了吧？

再后来，她终于明白后妈的良苦用心，在收到重点高中录取通知书的那天，她拥抱了后妈，并在她耳边轻声说："妈妈，你是上帝赠给我的最好礼物，感谢上帝让我成为你的女儿。"

每一个妈妈，都是上帝赠给孩子的一面镜子，无论是亲妈还是后妈，所照出的内容，都会影响孩子的一生。她也终于明白，没有一种爱比妈妈的爱更深情。

不完美的母亲，完美的爱

胡晨曦

一

中午，她又去学校的门口卖盒饭。

隔着老远，蔡小芹就听到她在大声吆喝："卖盒饭啦，美味可口，营养丰富，保证干净卫生，大家都来买啊！"她的声音很有穿透力，在一片嘈杂的声音中，仍然能清晰听到。

蔡小芹不屑地想，说得天花乱坠，不也就一份破盒饭吗？难不成因为绘声绘色的描述，普通饭菜就变成了满汉全席？

居然有同学买她的账，别人卖盒饭，都是生意冷清，唯有她那儿，被围得水泄不通。蔡小芹远远地看着，并不走过去，心中愤然，明明早晨还跟她说，别到学校门口卖盒饭，别弄得尽人皆知。蔡小芹倒不是怕别人知道她有一个卖盒饭的妈妈，而是怕这个口无遮拦又爱占小便宜的女人惹事闯祸。

可是她就是不听，说卖盒饭又不丢人，没有什么好掖着藏着的，学校门口好卖，可以多赚点钱。

二

刚到中午，她这不就来了？

蔡小芹刚刚想转身走开，忽然听到那边吵了起来，一个女生用尖锐的声音说："阿姨，你明明少找我10元钱，干吗不承认啊？"她和颜悦色地说："丫头，我这么大人了，能赖你10元钱？你一定是记错了。"

蔡小芹定神细看，那个女生是班里有名的厉害角色，人送外号"孙二娘"的姚琼琼，这两个人纠缠在一起，一时半会儿肯定理不清头绪。

姚琼琼指着她说："今天，你不把那10元钱还给我，我跟你没完。"她也不示弱，一边忙着手里的事，一边回姚琼琼说："你个小丫头，岁数不大，记性挺烂，回家想清楚了，再回来找我。"

刚好是中午放学时间，很多同学围拢过去，不知是谁认出她来，说："那不是蔡小芹的妈妈吗？怎么还赖学生的钱？真无耻！"

不听则已，一听蔡小芹的脑袋一下子就大了起来。

从小到大，蔡小芹都不喜欢她。

她走路的姿势让蔡小芹受不了，像个男人一样大步流星，风风火火，没有半点女人的柔美。她吃饭的样子蔡小芹也受不了，像饿了好几年似的，大口大口往嘴里塞，尤其让蔡小芹受不了的是，掉在桌子上的饭粒，她都会一粒粒拾起来，放进嘴里，有滋有味地咀嚼着。就连她睡觉的样子，蔡小芹也看不惯，半张着嘴，满脸都是笑意，肯定是睡梦里有捡到钱包或天上掉馅儿饼之类的美事让她赶上了。

蔡小芹拒绝和她一起逛街，实在逃避不了，就会和她保持一米左右的距离，在她身后若即若离地跟着。如果在街上碰巧遇到同学，她会迅速把脸儿扭到一边，装作若无其事的样子看着街边的橱窗。当然，蔡小芹也拒绝和她一起去超市或菜市场，因为她受不了她爱占小便宜的样子，为了两毛钱能费上半天的唾沫，和人家斤斤计较。占到一点儿小便宜，她便会眉飞色舞，喜形于色。吃了一点儿亏，便会怨声载道，喋喋不休。

有时候，蔡小芹坐在窗户边写作业，偶尔发呆时会暗自庆幸自己没有遗传她的基因，一丁点都没有，否则自己在班上肯定是最不受欢迎的人，谁会喜欢和一个小心眼、爱占小便宜的人一起玩呢？孤家寡人的滋味可是高处不胜寒啊！

骄傲得像公主一样的蔡小芹，其实只是一个卖盒饭的单身女人的女儿，此刻，她站在街边，只觉得脸上火辣辣的，一阵阵地发热。

三

蔡小芹没有采取任何的举动，听着同学们的闲言碎语，她隐忍了一下午，终于挨到放学。一回到家里，就看到她挽着袖子，在厨房里忙碌，做了蔡小芹喜欢吃的西红柿炒鸡蛋和排骨汤。听到开门声，她对小芹说："饭马上就好了，去洗手。"

忍无可忍的蔡小芹泪水滂沱，冲着她不管不顾地嚷嚷："吃什么吃？气都被你气饱了！告诉你别去我们学校门口卖盒饭，你偏不听。你多收了人家的钱，赶紧还给人家，贪了那10元钱也发不了家致不了富，但你让我在学校里怎么见老师和同学？求求你给我留点尊严行吗？"

她放下手中的盘子，气愤至极地说："连你也不相信我？我说没有多收就没有多收，爱信不信。谁给我留尊严？不错，我是一个卖盒饭的，卖盒饭的就应该没脸没皮，任人羞辱？就应该连人家泼来的脏水我也伸手接着不成？"

在蔡小芹的记忆中，从来没有和她吵成这样过，哪怕自己那么看不惯她的一些行为，也只是心中不满，从来没有面对面发生过冲突。

哽咽中的蔡小芹，不知道什么时候趴在桌子上睡着了，睡梦中，犹有同学指着她骂：有贪小便宜的妈，就有贪小便宜的女儿。蔡小芹百口莫辩，所有的怨恨都倾注到母亲的身上。

15

这次争吵后，两个人谁也不理谁，两天之后，蔡小芹在学校身体不适晕倒了。老师给她打电话后，她发疯般跑到学校，然后打车把蔡小芹弄回家。

迷迷糊糊的时候蔡小芹听到她说："丫头，怎么就不相信老妈呢？妈是有很多的缺点，但是，妈真的没有贪你同学那10元钱。妈不优秀，更不完美，可是你不能怀疑妈的人格，更不能怀疑妈对你的爱。你爸去世得早，妈又没什么本事，所以这日子只能尽可能过得节俭。妈像你这么大的时候，也是花朵一般，公主一样，也有梦，眼里容不得一粒沙子的存在，可是生活太能磨砺人了。很多人像妈一样，最终被生活磨砺得面目全非。但是请你相信，不管被生活磨砺成什么样子，妈本质上的东西是不会改变的，为了你，我也会坚守。"

她落下的泪水润湿了蔡小芹的心，但蔡小芹仍然倔强地不肯睁开眼睛。

四

那天晚上，姚琼琼急匆匆地赶到蔡小芹家里，本想跟小芹的妈妈当面道歉，可她出夜市还没回来，姚琼琼脸红红的，有些难为情地说："小芹，抱歉，那10元钱我找到了，原来被我夹在纸巾里了，实在对不起！"

蔡小芹的眼泪"哗啦"一下流了出来，想起自己对妈妈的不信任，对妈妈的刻薄，对妈妈的伤害，她扭过头对姚琼琼说："你该道歉的人不是我，是我妈妈，你深深地伤害了她的自尊。"

蔡小芹想好了，等妈妈一进门，自己要做的第一件事就是告诉她姚琼琼来道歉了，自己也要向她道歉。她还想到一个"将功补过"的法子：给妈妈洗脚，让她好好享受一下女儿的"手艺"。

不完美的母亲给予孩子的是完美的爱。

每个孩子都是妈妈掌心里的宝

积雪草

隔着老远，我就听见她的大嗓门在嚷嚷着："楼上的，能不能把你们家的衣服拧干再拿出来晾？水都滴到我们家晒的被子上了，真是的。"

走近了一看，果然是她。她站在阳台上，穿着睡衣，长发散乱地披着，双手叉腰，伸长了脖子朝楼上喊。

她的嗓门像高音喇叭，都快把全楼的人叫出来了，众人的目光齐刷刷聚焦在她身上，她犹不自知。我红着脸，悄然避过众人的目光，回家。

这些年我旁敲侧击地"批评"过她很多次，可她就是改不了这张扬、无所顾忌的个性，芝麻大的一点小事，保准会弄得全世界都知道，方肯罢休。

我和她住在一所老房子里，房子小得像一个鸡蛋壳。我从不敢领同学回家，因为房子小得无处落脚，怕他们笑话我住在一个鸡蛋壳里，怕他们笑话我有一个在市场上卖鸭脖子的妈妈。

她不喜欢我，我也不喜欢她，这是不争的事实。她常常坐在角落里发呆，有时我从她身边经过，听到她自言自语说我若是个男孩该多好，也不枉她这些年苦苦带着我，老了也好有个依靠。我不屑于同她争，但心里却觉得委屈，我是男孩还是女孩，我做得了主吗？

我考试考第一名的时候，她会撇着嘴说："有什么可骄傲的啊？瞎猫逮着只死耗子而已。"我不敢公然反抗，只能小声嘟囔："有本事你逮一只我看看。"她顺手抄起一只苍蝇拍追着我说："死丫头，学会顶嘴了？"我在学校的运动会上，获得了200米短跑的冠军，以为这次她会夸我几句了，谁知她冷嘲热讽："头脑简单，四肢发达，别弄得跟我似的，书念得不怎么样，将来也在市场上摆个小摊卖鸭脖子。"

是的，她是一个在市场上摆摊卖鸭脖子的女人，这让我想起池莉笔下的来双扬，从某种程度上来说，她和那个女人有着相似之处，只是她并不知晓来双扬是谁。

我从心底里反感她的所作所为，抵制她，排斥她，人多的场合我拒绝叫她妈妈，学校通知开家长会的时候，我经常不告诉她。她知道以后常常会拿着苍蝇拍追着我骂："死丫头，你能不能行了？"

然而，她却常常有惊人之语和超常之举。

那时候，我暗恋班上一个长得很帅的男生，他在运动场上打篮球的时候，我的目光总是一刻不离地追随他，义务给他当啦啦队。他参加学校举办的演讲比赛的时候，我总是台下那个拼命鼓掌的女孩。原本有些黯淡的青春，因为这个耀眼得像太阳一样的少年而变得美好起来。

心中一点一点积攒起来的美好情愫，也因为这个男生碎成了模糊的一片。

那天早晨，我刚进教室，就听见他在跟同学们瞎侃："不是说她骄傲得如同公主吗？我叫她向东，她绝不会向西。知道她家住哪儿吗？城郊，一个小破房子里。知道她妈妈是干什么的吗？一个在市场上卖鸭脖子的……"

有男生起哄："你不是很喜欢她吗？"他满脸的不屑，甚至带着鄙夷地说："我怎么会喜欢她？满脸的孤傲，不过是为了掩饰她的自卑。"

　　我呆住了，先是愤怒，然后是委屈，继而是满眼的泪，最后一句话他说得没错，我自卑，恨不得低到尘埃里，可即便是这样，居然还有人以打碎我的蛋壳为乐事。我听见内心里"哗啦"一声脆响，我那点可怜的自尊碎落了一地。我没有进教室，转身跑了，有生以来第一次逃课了。

　　上学的时候，我觉得有很多双眼睛在盯着我，眼神满是嘲笑和讥讽，我恨不得找个地方躲起来。好不容易坚持了三天，到第四天是周五，我说什么都不肯去。她笑着说："这么大的人了，怎么还像个小孩子似的，我陪你去吧！"她破天荒地送我去了学校。

　　周五下午，开班会的时候，老师领进来一个人，我一看，脑袋就大了，她可真行，我怕什么，她来什么。老师说："今天的班会，我们邀请了一位特别的嘉宾，那就是甘甜甜的母亲，她想给我们讲一个单亲母亲养育孩子的历程，大家欢迎。"

　　是的，甘甜甜是我，我狠狠地瞪了一眼站在前面的母亲，她还嫌我不够丢人啊，竟然亲自跑来学校拆我的台，要我以后怎么在学校里待啊？

　　她收敛了平常所有的嚣张，口齿清晰，语调平稳，我居然不知道她能说一口那么标准的普通话。

　　她说："我是甘甜甜的母亲，是一个单亲母亲。当初我被她父亲英俊的外表所迷惑，不承想他是一个冷漠、自私的男人。相处没多久，我便有了甜甜，可他却跑了，我毫无选择地做了一个单亲母亲。"

　　"大家都很好奇甘甜甜的出身，其实没有什么特别的。每一个孩子都是妈妈掌心里的宝，不管这个孩子多么的不好看，多么的不争气，多么的不完美。从某种程度上来说，我要感谢甜甜，因为有了她，经受过无数打击的我，每一次都能顽强地从苦难中爬起来，那都是源于对甜甜的爱，甜甜不能没有我，没有了我，就再也没人保护她了，所以我不能倒下。"

"不管是在市场上摆摊与人产生纷争还是受人冷眼，不管是发烧感冒还是遇到下雨下雪，我都坚持摆摊。生活再困难，我都咬着牙在坚持。最困难的日子，我和甜甜三天只吃了三个馒头，每天一个。有一次甜甜半夜发烧，天还下雨，住在郊区的我们叫不到车，我背着甜甜一步一步走到医院，到医院的时候，天都快亮了……"

她讲了很多，我的脑子乱成一锅粥，平常的日子里，她从来没有跟我抱怨过什么，我知道她过得不容易，但不知道她挣扎得这么痛苦，我的一粥一饭，我的一点一滴幸福的感觉，都源于她的付出。我有什么理由任性、逆反，不管不顾地和她对抗？

眼泪抑制不住地漫上了睫毛，我跑到前面抱住她，哽咽地叫了一声"妈"，然后说，"咱们回家吧！蛋壳再小，那是我的家，不是偷来的，不是抢来的，没什么可丢人的。"

她笑了，眼睛眯成月牙状，在同学们如雷的掌声中说："乖女儿，这就对了！"

青葱的岁月里，我们总会有一些小小的虚荣和敏感。生活在这个世界上，我们不能选择自己的父母和家庭，父母就算不优秀，也是上天赐予的缘，所以，我们唯有珍惜！

我和王艳芳的水火不容

硬 橙

一

"你说实话，抽屉里的300元钱哪里去了？"空气里弥漫着一股紧张的气氛，妈妈坐在我的面前，脸色很不好。

我假装没事儿人一般继续往碗里夹菜，轻声说："我和王晓丽去理发店做头发了。"

妈妈听了勃然大怒，看了一眼我的新发型："你这是偷钱，你没有经过我的同意！"

我也不甘示弱地回呛过去："我问你了，你也没同意啊……"

"你正是读书的年纪，这么爱美干吗？你要气死我？张樱桃，你翅膀硬了啊……"

实在受不了她的唠叨，我把手里的碗筷重重地摔在桌子上，碗筷和桌子碰撞发出尖锐刺耳的声音。我正准备回房间，刚走几步就碰上了回到家的爸爸。

大腹便便的他一脸惊诧，忙问："怎么了？"

王艳芳又喋喋不休地把事情重复了一次。我真的很佩服她的这种能力，甚至还可以添油加醋地说我现在偷钱，以后走入社会工作了那更了不得了，不知能干出什么事来。

爸爸一边听一边用余光看我，两边安抚着，他拍拍妈妈的肩膀，又走向我，刚伸手过来，我没好气地甩开了："不要你们管！"

我快步走回了房间，不想再听他们多说什么，"砰"的一声关上了房间门。那一刻，我感觉走回了只属于自己的世界，房间门就是将我和繁杂世间隔绝的开关。

一走进房间，我的眼泪就没骨气地流下来。

17岁的张樱桃和王艳芳之间的隔阂仿佛是一条深不见底的河流。

二

墙上的高考倒计时日历又被我撕了一页下来，日子过得很缓慢很煎熬。我真想高考早点儿来，我要考上大学，离开王艳芳，走得越远越好。

暑假来临，因为我坚持要利用暑期去电子厂打工的事情，我们两个又吵起来了。

"你这个年纪挣这个钱干吗？好好学习才是你该做的事情！"妈妈坐在沙发上又开始唠叨起来了。外婆也在一旁附和："是啊樱桃，暑假的时间也没有很长，看书更好……"

"我想要零花钱，我自己可以挣！"我挑眉，"王晓丽也去了，这是他表哥介绍的，很安全，没事的……"

拗不过我的爸爸第二天还是把我送到了汽车站，王艳芳没有来。

我和王晓丽一起去的电子厂在隔壁城市，不算很远，不过也要坐一趟车才能到。爸爸眼神里都是担忧："你记得每天打一个电话给我报个平安，不想做了就早点儿回来。"

"知道了，知道了，你回去吧，爸爸。"我不以为然地和爸爸挥了挥手说再见，转身就和王晓丽上了车。

去之前我曾预想过打工的日子会有点儿辛苦，却万万没想过会这么辛苦。我和晓丽做的都是流水线的工作，每天8个小时的工作时长看起来还算正常，但是连吃饭都很难有喘息的时间，好像机器人一样机械地干着活，干了两天我就有点儿不想做了。吃饭也吃不香，我晚上买了泡面加餐。

只是爸爸和外婆打电话过来关心我的时候，我嘴硬地回复说挺好。

三

艰难地熬完了打工的日子，最后一天早晨我和晓丽拖着大包小包的行李回到了家，爸爸热情地招呼我收拾好了赶紧吃饭，然后洗完澡好好休息。

我整个人呈"大"字状瘫在床上，看见床头的倒计时，心生感慨，还有大概一星期又要回学校上课了，我现在无比想回去念书。

"给你们的。"我故意加大音量，把打工赚来的钱分出了一部分放在桌子上，另外还打算给外婆买点儿营养品，最后的留给自己存起来买手机，我不想再用爸爸的旧手机了。

窗外的麻雀还在电线杆上叽叽喳喳叫着，电视机里综艺节目嘻嘻哈哈，桌子上的饭菜热气腾腾。我偷偷瞟了一眼王艳芳，她面有愠色，但是没有开口说什么。

我看了看外婆，外婆看起来老了许多，眼睛深陷在眼窝之中，皱巴巴的皮肤没有生气，手指头都伸不直了，如同苍老的树枝弯弯曲曲。我捏了捏外婆手上的皮，松松垮垮的。

人老了都会这样子吗？我觉得有些害怕，有些不安。"外婆，我们回房间休息吧？"我开口询问外婆。

外婆好像没有听见我的话，只是静静地看着我。等我重复了好几遍，她才像一个孩子一样点点头。

四

暮秋时节，外婆的身子越来越不好了，后来住了院，王艳芳每天带着做好的饭菜和煲好的汤去医院照顾外婆。我和王艳芳见面的时间少了，争吵也就少了很多。

一天，我回到家，爸爸在客厅抽着烟，一口接一口，看我回来，微皱着眉头说："你外婆走了。"

我一听这话眼泪就流下来了。

其实我心里早就有准备，毕竟外婆岁数已经这么大了，但是突然迎来这句话的时候，心里还是一阵又一阵的难受。

王艳芳还在医院处理事情，爸爸和我收拾了一些东西也跟着去了医院。

医院里的药水味还是那么刺鼻，王艳芳安静地坐在走廊的长椅上没有说话，手里拿着一些文件，爸爸走过去也坐下来，抱了抱她。

王艳芳真是坚强得可怕，一滴眼泪都没有掉。

很长一段时间，我看到曲奇饼干还是会想起外婆。而王艳芳还是一样买菜做饭、八卦聊天，时不时又骂我不好好学习，好像外婆没有离开我们一样。

直到有一天，我失眠，来到客厅，泡杯咖啡准备奋发图强，通宵做模拟卷，却看到爸妈房间里闪着微弱的光，隐隐约约传来几声压抑的抽泣声。出于好奇我站在房间门口偷听了几句，听着听着，我的眼泪溢出了眼眶。

王艳芳一边哭一边细细地念叨着："我想我妈了……""张樱桃老不听话，以后可怎么办呢……"

"会好起来的吧……唉……日子难啊…"爸爸似乎在安慰着什么，但是声音更小了，听不大清楚。

五

之前收拾外婆遗物的时候，看到相册里妈妈罕见的一张儿童照，扎着麻花辫，穿着花裙子，小手指扭扭捏捏地紧握着，害羞地站在公园牌楼前面——很难与现在的王艳芳联系起来。

从我出生有记忆起，王艳芳好像就一直是一副伶牙俐齿的模样，就好像一直是一个厉害的妈妈，做饭一直都很好。我很少认真想过，她曾经也是从妈妈肚子里呱呱坠地，来到这个世界的。

妈妈，我以为你不会哭的啊，你在我面前从来都没哭过。可是后来我才发现，原来你不是不会哭，只是不敢哭而已。那些看似平常的日子，都是你用刻意装出来的坚强在支撑着。

"父母在，人生尚有来处；父母去，人生只剩归途。"我忽然意识到，在我失去了外婆的同时，我的妈妈也没有自己的妈妈了。

我蹑手蹑脚地回到了自己的房间。

我又看了一眼墙上的高考倒计时。我想起那些年，我的愚蠢、我的乖戾脾性，还有我的虚荣、我的幼稚想法，万分悔恨，百般感慨。

曾经我多么希望时间快点儿过去，多么希望能够远走高飞，去另一座城市体验新的生活。可是现在我却希望时间的脚步能够走得慢一些，再慢一些，让我还有足够的时间去弥补这些过错……

石榴树上结樱桃

伟　岸

一

在我十四岁那年的春天，爸妈的婚姻在永无休止的争吵声中破裂。我也被迫转学到一所郊区中学，随妈妈一起到继父家生活。

继父的家在一个小巷的尽头。刚一进门，我便看见四合院里一棵硕大的石榴树绿荫如盖，尤其让人叹为观止的是，枝叶间竟有串串鲜红欲滴的樱桃若隐若现，像一盏盏小灯笼，很是迷人。

"哇，石榴树上竟然结着樱桃！"

"好看不？"一直跟在后面显得有些局促的继父脸上也活泛了些，说，"不过，这樱桃并不是石榴树结的，你仔细瞅瞅，它旁边还有一棵樱桃树哩。"

我的兴奋劲儿一扫而光，既是因为自己的误解，更是因为继父那献媚般的回答。

我狠狠地瞪了他一眼。他一下子不敢出声，像个做错了事的孩子。

我恨透了继父，在我的记忆里，爸爸和妈妈争吵时出现频率最高的就是他的名字。他如愿以偿地得到了妈妈，而我却失去了父爱。

我被安排住在一间向阳的偏房里，透过窗户便可看见院子里的石榴树和樱桃树。它们依偎得太近了，而且樱桃树不如石榴树粗壮，所以乍一看，樱桃就像结在石榴树上一样。

我无法否认，走进家门的第一天，我便喜欢上了院子里的石榴树和樱桃树。在以后的日子里，除了石榴树和樱桃树以外，我对这个家没有一点好感。我恨妈妈，恨她移情别恋，抛弃了爸爸，恨她为了自己的幸福而不惜牺牲我的前程——继父是镇政府里的一个小职员，绝没有爸爸的功成名就，我不明白妈妈为什么偏偏看上了这个一事无成的男人。

二

十四岁，正值青春叛逆期,我丝毫不掩饰对他们的痛恨。一次吃午饭时，我再次因一语不快而抢白了继父。妈妈立即神色凝重地纠正我："小樱，别这样好不好，他是你爸，你要尊重他。"

"我爸？我爸有奥迪轿车，他有吗？我爸答应送我出国留学，他有这个能力吗？……"我把心底的所有怨恨一吐为快。继父的脸一阵红一阵白，直到我说完好久他还双眼发直地愣在那里，恍若梦中。而妈妈则脸色铁青，掩面倒在沙发上，双肩一耸一耸地哭泣，她不敢相信刚才的话出自她的宝贝女儿之口。

我感觉自己像个打了胜仗的士兵，昂着头从他们面前走了出去。

我坐到石榴树下的小凳子上。时值盛夏，我却感觉有一种彻骨的冰冷袭遍全身。我不知道自己的这种报复和伤害什么时候才是尽头，但只有这样才能缓解心底的痛恨。

就这样，这个家笼罩在一种冰冷与沉闷的阴影里，我们三个人都生活在痛苦之中。一天，妈妈告诉我说："小樱，眼看你就要上高中了，我跟你爸商量好了，决定把你送到姥姥家去住，一来你可以到城里条件好的学校读书，二来也可以营造一个安静的学习环境……"

我如愿以偿地回到了城里的中学。但经历了那么多，我已经对学习没了兴趣。我的性格像一匹脱缰的野马，无法束缚。就在那时，我学会了上网，成了网吧里的常客。我觉得只有这样才能让我忘记烦恼……

三

深冬的一个上午，妈妈突然来到学校找我："小樱，不好了，你爸出车祸了。昨晚他在市里为人家干装修的活，回家时被车刮了，现在正躺在医院里。小樱，他是为了给你攒大学的学费，才这么拼命地在工作之外的时间干零活，他心里一直对你有愧呀。大人间的事你是不了解的。"

我的心钝钝地痛了一下，随妈妈去了医院。继父躺在病床上，面色苍白。看见我进来，他痛苦而努力地挺了一下身子，说："小樱，你能叫我一声爸爸吗？"目光里满含期待。

我紧抿着嘴，倔强地一声不吭。我恨他啊，恨他从爸爸那里抢走了妈妈，恨他毁了我的前程……

"小樱，快叫爸爸呀。"妈妈焦灼地催了我好多次，但我仍是一言不发。

"小樱，有件事一直没有告诉你，现在你长大了，我告诉你真相吧。"眼泪"哗"地从妈妈眼眶里涌了出来，"小樱，他才是你的亲爸爸啊，十五年前我爱上了你爸爸，在我怀上你三个月的时候，你外祖父强行拆散了我们……你知道，这么多年来我过得并不幸福，要不是为了你的成长我早就离婚了……我们一直都对你很愧疚，欠你太多了，尤其是你爸爸。"

继父闭上眼睛，痛苦地喘着粗气。我的眼睛瞪得大大的，病房里的空气仿佛凝固了一般。

"爸爸……"我伏到爸爸怀里，任泪水洗刷自己的脸……

四

我扶着爸爸从医院里回到那个四合院的时候，石榴树下樱桃树的花正开得如火如荼。我突然想起了我第一次走进家门时的情景。

爸爸挣脱我的搀扶，来到石榴树下，望着满树樱桃花，说："小樱，你知道这棵樱桃树为什么长在石榴树下吗？"

我茫然地摇摇头。爸爸长吁了一口气，凝重地说："小樱，这棵樱桃树和你一般大呢，是你出生那天，我在院子里种下的，石榴树和樱桃树合在一起正好是你的名字——刘樱。这么些年来，我每天都精心呵护着它，就像呵护着你，现在它长在石榴树下，你看多美啊……"

我的眼睛模糊了。原来，父爱一直未曾走远，我的生命一直装在父亲的心里，就像这棵樱桃树一直有石榴树在为它遮风挡雨。

樱桃树每年回报给石榴树的是满树繁花，硕果樱红。而我能回报给爸爸些什么呢？我决定重新做一个好孩子。

那一刻，我感觉自己长大了许多……

我还未长大，你怎么能老去

玻璃沐沐

一

他说我小的时候，出门前左手一个恐龙玩具，右手一个恐龙玩具，回家后还要带一个新的恐龙玩具。

所以我们家被我起了一个好听的名字，叫恐龙之家。

他说其实叫恐龙博物馆更合适。由于我在外面吹嘘，很多小朋友慕名来家里参观，艳羡之情溢于言表，我在一边充当讲解员，和他们说这个是霸王龙，这个是奇异龙，这个是三角龙。

我说："我记得呀，小朋友都听蒙了，纷纷拥护我为老大。"

他说："哈哈，才怪咧，哪有爱哭鼻子的老大。"

他弯腰掏啊掏，从随身的黑皮包里竟然真的掏出来一个恐龙玩具，把它端端正正地摆在桌上，说："收拾屋子，哪里想还找到了一个，给你带来看看。"

我有点尴尬，正好饭馆老板娘走过来上菜，一道粉蒸排骨，一道萝卜糕，还有简单的莼菜汤，香气袭来，我们都停止了说话。

像很多不懂如何做父亲的男人一样，他年轻时候可一点也不喜欢这种天伦之乐，我记得我总是在他临出门前哭着抱住他的大腿让他不要走，他却说："我从没见过像你这么爱哭的小男孩。"

二

当时的我也许是第一次感到一种来自他的不认可，生气地把恐龙玩具都扔在地上，可他反应更是强烈，拿个塑料袋把我所有的恐龙玩具都装起来提出门，再也没有拿回来。

于是我很小就学会不乱发脾气了，因为知道要付出代价，而这个以一种怪异的姿态立在饭菜中间的恐龙玩具，是当时唯一的漏网之鱼。

我承认我有意忽略这些记忆，仿佛我从不曾对他如此亲昵、依恋。我对他当初的所作所为谈不上原谅，其实只是算了，毕竟他大老远来学校看我一趟不容易，人老了，总是喜欢回忆。

我和父亲的关系并不好，我和他总是无话可说。说多了他嫌烦，说少了他又嫌我态度冷淡。我明明是在关心他，可这关心里透着点例行公事的程序化和疲惫。

沟通的路径不顺畅，他发掘了另一种方式，就是送我各种玩具。

他在我大一些的时候，最喜欢送我的礼物是拼图。最开始只有十几块，最后慢慢发展成几千块的庞大拼图，我坐下来一拼就能拼将近两个小时。

三

寒假买一大块拼图，暑假买一大块拼图，我开始还觉得他有心，后来才悟出他动机不纯，让我每天安静地待着差不多两个小时，省去了他多少麻烦。

他不知道，我最想要的拼图是最简单的那种，一张照片，三个人，笑吟吟地互相依偎在一起。这再简单不过的愿望，因为知道无法实现，所以我从来没有开口要求过。

他年轻的时候喜欢玩乐，呼朋引伴，今朝有酒今朝醉，因为喝酒住过三次医院，屡劝不听。后来妈妈离开了他，因为不想看到他哪天喝死在大马路上。

我妈问我跟不跟她走，我摇了摇头，那年我十岁。我并不是不爱我的妈妈，早熟的我，只是怕连我也走了，就真的再也没人来陪着他。也奇怪，从那之后他滴酒不沾。

他有一辆摩托车，超酷的那种，走在路上很远就能听见它突突响。

我之前在县城上学的时候，他明明也一把年纪了，却戴着墨镜，穿着小皮衣，骑个摩托车，载着我和我的行李，"突突"地往学校方向赶。

他这一行为害得我第一天上学出尽风头，一是因为他太引人注目，二是因为我们睡过头了，错过了报到时间。他也因此受到不少人的特别注意，开学那阵，有好几个阿姨多方打听他，毕竟浪子回头的戏码，人们总报以极大的兴趣。

四

他问我的意见，给我看阿姨的照片，甚至问我哪个好看。我没兴趣，只是问："你要结婚了，还会给我付学费吗？"他说："傻儿子，会啊。"

我点头说："那就行，你选一个你喜欢的吧。"

他若有所思，最后却赧然一笑，说："我想了半天，还是觉得最喜欢你妈。"

那之后的第二天，他卖了他的摩托车，给我买了一台星特朗望远镜。

看着那个全方位各角度都显示着高端大气的望远镜，我兴奋得恨不能立刻就用它探索宇宙的奥秘，可是却发现光说明书就够我看上半个月的。

我问他："你哪来的钱买望远镜？"他嘿嘿一笑说："我把那个旧摩托车卖了，年纪大了，也用不着那个了，你妈在的时候，看它特别不顺眼。"

后来我高考报了物理学。你永远不知道，会有什么样的因素，一点一点影响着自己的每一个决定。

五

他这次来既不是出差，也不是开会，更不是旅游，但我不相信他是专门来看我的。我们之间少有这种温情时刻，于是我问他："什么时候走？"

他说："明天。"他住在我学校对面大学的招待所里，我随他去看了，房间狭小，简单的一张床，床头的柜子上有两瓶药，我问他："怎么了？"他说："来的时候下了雨，没带伞，有点小感冒，洗个热水澡就好了。"

我给他买了橘子和苹果，下午还有课，就赶紧回去了。

回去之前他若有似无地抱了我一下，第一次认真地说："谢谢你，儿子，我们是父子，但是看起来你更像是会照顾人的那个。"我有点不习惯，匆匆走了。

高中生涯结束的那天下午，我回了家，却看见了一个意想不到的人，我妈。

他生病了，挺严重，脑袋里长了个瘤，需要做手术切掉，看看是良性还是恶性的，为了不影响我高考，所以他什么都没有说。只是手术前跑去学校看了看我。

我妈听说了，回来照顾他。所幸虚惊一场，他的精神好了许多。

我坐到床边，听他细数这些天心里的害怕，却感到一种奇怪的安慰，一家人团聚在一起，即使再短暂，也终于不再是我和他的奢望。

六

有人说，幸运的人一生被童年治愈，而不幸的人一生都在治愈童年。

我想起我的童年，除了眼泪，还有恐龙、拼图、天文望远镜。每个人可能会有很多玩具，时间久了，都放在角落里积灰，而送你玩具的人，也许不善于表达爱，但依然可以在你累了的时候，给你继续前行的能量。

他说："十八岁的礼物，想要个什么啊。"

我说："我想去大西洋潜水看鲨鱼。"

他说："孩子啊，爸爸老了，走不动了，以后想要什么东西，要靠自己的实力。"

我说："别啊，我还未长大，你怎么能老去，我还要带你环游世界呢。"他拍着我的肩膀，我们相视一笑。

我从没说过我对他的羡慕，羡慕他既有如风一样的自由，又有懂得承担责任后的笨拙。我们从没有停止成长，他如此，我也一样。

也许小男孩都曾或多或少幻想过长成父亲的样子，他不高，不帅，爱惹你哭，生气的样子很吓人，间歇性没正形，持续性没钱，但他在你心里，是永远的不老男神。

爸妈离婚后，天空依然蔚蓝

✍ 安　宁

一

蓝婷曾不止一次地把自己蒙在被子里假想父母离婚时的情景，早晨起床，红肿的眼睛看着枕头上的泪渍，心情低落得像一个被扎破了的气球，不管如何鼓劲吹气，还是瘪瘪的。很久以来，家里压抑的气氛就像爸爸整天盯着的股市行情图，"熊"得没有丝毫摆脱低迷的迹象。爸爸会在蓝婷写作业时给她端来一杯热气腾腾的菊花茶，给她提神。看着袅袅升起、带走热量的水汽，她觉得它像是爸爸妈妈曾给她的温暖和爱一样，会在他们离婚后，渐渐消散。

在蓝婷15岁生日来临之前，爸妈终于协议离婚了。那天放学回来，看爸爸正在收拾东西，蓝婷脸上的笑容便开始慢慢消失。爸爸临出门时，像每次他要出差时一样，站在蓝婷面前，整了整她的衣领，说了一声"好好照顾妈妈"，便轻轻带上了门。

妈妈把离婚协议书推给蓝婷看，她淡淡瞥了一眼，眼泪便"哗"地流出来，她跑到阳台上很大声地朝楼下哭喊着"爸爸"。妈妈坐在客厅里，神色有点愧疚地望着她，妈妈也许在自责：早已各走各路的他们，怎么竟忘了给蓝婷一段慢慢适应他们分开生活的时光？

二

　　蓝婷其实早已习惯了爸妈之间的冷漠和疏离，但她还是在他们难得坐在一起吃饭时，很开心地讲学校里的趣事，逗他们笑。她那么卖力地笑啊讲啊，爸妈却因为各自的心事，吝啬得连一丝微笑都舍不得挤出来。压抑的气氛就像几只围着臭鸡蛋飞舞的苍蝇，怎么也赶不走。他们的婚姻之路还是走到了尽头，从今以后，蓝婷再不会有一个完整的家，她生命里最重要的东西，就这样一分为二，裂开了。

　　有一次，妈妈语重心长地对她说："爸爸妈妈的分开，不仅会给我们自己一个重新寻找幸福的机会，对于你，也是同样的。学会正视人生的离合，也是你成长里不可忽视的一堂课。"看着妈妈平静的脸庞，她似懂非懂地点了点头，可心里却固执地想：如果成长过程中需要学这样的课，那我情愿永远都不要长大！

　　阴暗的天空，阴郁的心情，蓝婷沉闷得一句话都不想说，她在心里暗暗责怪爸妈"不负责任地离婚"。每当看到同学与他们的爸妈在一起谈笑风生时，蓝婷心想：有什么了不起的！之后用一个倔强的扭头动作，完美地诠释了自己的"酸葡萄心理"。她渐渐变得沉默寡言起来，就这样在阴暗的天空下垂头丧气地"成长"着。

三

　　蓝婷生日那天，她想请同学出去吃饭，向妈妈要三百元钱。妈妈以不容置疑的口气拒绝了她。妈妈说："以前的惯例，我们还是继续沿用，你把要好的同学叫到家里来，妈妈给你们做顿丰盛的晚饭。"蓝婷转身就要走，她头也没回地抛给妈妈一句话："以前的惯例是你和爸爸都在的情况下！"妈妈愣了一下，上前抓住蓝婷的胳膊，说："婷婷，你只知道有我们共同陪伴你时你的幸福，可是你无法体会到，爸爸妈妈被无爱婚姻绑在一起时的痛苦，我和你爸放弃了婚姻，我们不在一起生活了，但我们给你的温暖和爱是不变的，别因为我们离婚而放弃继续寻找温暖和幸福生活的勇气……"妈妈停顿了一会儿，接着说，"妈妈希望你过得快乐。"蓝婷含着眼泪点了点头。

那晚蓝婷一推门进屋，妈妈便立刻熄了灯。蓝婷的好友捧着插满蜡烛的蛋糕微笑着从里屋走出来。蓝婷的眼里有泪光在闪烁。等她坐下后，妈妈说："蓝婷，爸妈陪你一起走了十五年，现在，我们各走各的路，但这并不是说，我们不再爱你，你和你这些好朋友一样，还是有自己的爸妈，只不过爸妈对你的爱，要分开来给了，明白吗？"蓝婷微笑着说："我知道了，妈妈，我也不会再嫉妒那些家庭和美的同学了，虽然爸妈的爱要分开来给我，但是这并不比他们父母给他们的少呀！"

那晚的聚会很热闹，尽管蓝婷的表情在忽明忽暗的彩灯里，还带着些失落，但她虔诚地许完愿后，便和朋友们一起疯闹着把奶油往对方脸上抹，她大声地唱着"祝我生日快乐"，一直到嗓子沙哑，歌声严重走调。

生日过后，蓝婷像是在一夜间长大了，不再有事没事地跟妈妈闹别扭了。

四

有一次，蓝婷和妈妈逛街时碰到爸爸和另一个女人在散步，妈妈拉着蓝婷走上前去，向他们问好。爸爸要握住蓝婷的手，她却倏地闪开了。妈妈看着蓝婷的眼睛，温柔地说道："婷婷，给爸爸和阿姨问好。"

蓝婷本想拒绝，但她看看妈妈的神色，终于妥协了，低声打了招呼。

蓝婷一直都对爸爸的离开耿耿于怀。爸爸时常给她打电话聊天，像他在家时一样，听她细细碎碎地谈学校里的事。起初蓝婷不愿接听爸爸的电话，但她还是抵不住对爸爸的思念，终于在电话响起时很兴奋地跑去接。她给爸爸讲身边的同学，讲学习中的烦恼，又问爸爸怎么对付暗恋她的坏小子，还有借讨好她而接近妈妈的成熟男士……蓝婷终于能够坦然面对父母的离婚和父亲的再婚，甚至有一天她对妈妈说："给我再找个爸爸吧，我想有一个人疼你也疼我。"听了这话，妈妈知道蓝婷长大了……

不久以后，妈妈经朋友介绍认识了一位叔叔，有时两人会笑容可掬地等蓝婷走出校门后，也不顾她有同学在就走上前去，像以往妈妈和爸爸一样各自拍她一边肩膀，准备"挟持"她回家。蓝婷的同学总是看着她很暧昧地笑，她便很有礼貌地坦然介绍道："我妈妈和爸爸离婚了，这位是有可能成为我未来爸爸的先生。"看到蓝婷这么大方自然，她的同学反倒不好意思了，他们便不再笑，飞快地打个招呼便跑开了。蓝婷挎着妈妈的胳膊，转身对那位叔叔说："嗨，叔叔，如果你做了我妈妈的男朋友，一定要帮我好好照顾妈妈哦！"

是的，爸妈离婚了，但我的天空不应该被阴霾笼罩，因为我要继续努力去寻找温暖和幸福的生活！蓝婷开心地想着。蓝婷成熟了，成熟到足以正视父母离婚带给她的伤心和痛苦，可以把自己还原为曾经那个阳光乐观的女孩，重新与同学们打成一片；成熟到即使在父母离婚后，依然不会放弃继续寻找温暖，守护住本不该流失的幸福。

父母离婚后，天不会塌下来，幸福不会溜走，天空依然蔚蓝！

我愿意叫你"段哥"

✍ **一路开花**

狭路相逢

第一次见段老头，我就特别不喜欢他。真不知道我的单身妈妈，为什么会把他带到家里来。"嗨，我叫段国勇，可以交个朋友吗？"段老头说这句话的时候，我正在热火朝天地打着《魔兽世界》。他明明见我忙得不可开交，还装模作样地表示要跟我握手。

大手刚伸过来，我电脑的半个显示屏就被遮住了。我斜瞄了一眼，什么年代了，还穿着中山装？是打算冒充陈真呢，还是霍元甲？

"行了，行了，昨日就已闻得大名。可怜小弟两手无暇，望先生体谅！"幸好我平日读书不少，这次才没给老妈丢脸。他走后，我忙不迭地和老妈交流心得："他是何方英雄啊？"

妈妈欣喜地看着我说："这男人自从妻子死后就一直独身到现在，烟酒都不沾……"

"打住！我们家需要的是像李连杰那样的真男人，不是这种净装四好男人的'极品男'。你看看他，瘦得跟个柴火棍似的，还偏要穿个中山装。"

"臭小子，你懂啥？现在还能找到几个像这样的好男人了？难不成，得跟你一样胖成洪金宝，才算真男人？"

"哎哎，讨论归讨论，不带这样人身攻击的哈！不知道的人还以为我是您在超市里购物满200元钱送的赠品呢？"

冤家路窄

之后，段老头隔三岔五就提着东西往我家跑。我说："段先生，请问你是无业游民吗？怎么看你成天无所事事？"

段老头不说话，歪着脑袋看我搁在书桌上的作文。"小伙子，你的文字挺有灵气，但是缺乏重点，条理也不清晰。"

"哦？奇了怪了，看来国家的扫盲政策还是很有力度的嘛！"我心里很不服气。

岂料，段老头竟然在饭桌上跟我妈说："你这孩子挺聪明，就是缺少一个好的老师给点拨指正，如果你不嫌弃，我想在写作这方面教教他……"

还没等他说完，我就火了："你凭什么教我？你写得很好吗？"

我幻想着段老头火冒三丈、摔门而去的场景。殊不知他非但没生气，还跟我打了个赌："淡定！实践出真知。我是否有资格教你，一个月就见分晓。如果说一个月后我不能让你的写作水平提高，我立马引咎辞职。但如果到时你有进步了，那你就得接受我。"

原本想好好利用这个机会把段老头打发走，可事实上，不到二十天，我就输了。我那篇修改过的作文不仅被段老头推荐上了省报，还被某出版社图书编写组看中，选进了中学生优秀作文丛书里。

拿到稿费的当天，我请段老头去德克士大吃了一顿。在靠窗的位置，我悄悄问段老头："你到底是何方神圣？貌似连我们老师都没这些发表文章的门路。"

"什么叫门路？这叫实力懂不懂！你以为牛皮净是吹的，火车净是推的？看看！"

好吧，我承认，那一刻我彻底傻眼了——段老头竟然有中国作协的会员证，更离奇的是，会员证上的笔名一栏里，写的竟然是我最喜爱的一位作家的名字。

拔刀相助

不得不承认，这世界真小。我原以为那是作家的真名，弄了半天，原来只是个笔名，更没想到是段老头的。

正所谓，人怕出名猪怕壮，我刚把稿费花完，麻烦事儿就来了。一个外校的小流氓，听说我文笔好，竟然要挟我帮他写封情书给校花。如果校花没感动到接受他，他就要我好看。这绝对是我见过的最蠢的流氓。为了写这封情书，我想了一夜，揉皱了很多稿纸，最后才想明白，最好的表白方式，五个字就足矣——我们结婚吧！

结果，这辛辛苦苦想了一夜的五个字，只换来校花姑娘的两个字——去死！

放学后，我被四个小流氓围住了。没等我开口解释，就噼里啪啦挨了一顿打。可继而我又蒙了：段老头什么时候冒出来的？四个小流氓瞬间被他打得满地找牙。他那飞腿和擒拿又是从哪儿偷学的？我虽然趴在地上，但还是情不自禁地给他鼓掌。

他站在人群里，像江湖卖艺的侠士一般，双手抱拳，转圈答谢。

上小区楼梯时，段老头硬要背我，我说："看你那瘦样，你背得动吗？"

段老头滑稽地说："小哥，你别看我瘦，我浑身是肌肉；你别看我高，我打架不弯腰！"

段老头，你赢了！可你跟我妈最后成不成，那是你俩的事儿，我这关暂时是没啥问题了。

义结金兰

段老头怕小流氓回来寻仇，天天跑到学校门口接我。虽说我是个男子汉，但对于这种坚持，还是挺感动的。最重要的是，我在他身上能找到一种类似父爱的感觉。

忽然有一天，段老头垂头丧气地跑来跟我说："你妈觉得我不太了解她，还需要多沟通。小哥啊，你说我和你妈都老大不小的人了，哪还能像年轻人一样谈个几年再结婚啊？""结婚？老头，你想清楚了哈。据我所知，婚姻可是爱情的坟墓！"

"我的书里也这么写过。可你得想啊，有个坟墓总比暴尸荒野强多了吧？我宁可豁出去了！"段老头显然激动了。

我把手里的冰激凌递给他，语重心长地说："淡定，淡定！这不还有我嘛？"

"你肯帮我？"段老头紧紧地抓住我的手，像是抓住救命稻草一样。

我清了清嗓子，说道："根据我对我妈的了解，她肯继续跟你交流，就说明你有戏。以下内容，请你务必记牢，本人只说一遍。我妈喜欢吃辣，不喜欢吃甜；喜欢红色，不喜欢绿色；喜欢百合，不喜欢玫瑰；喜欢浪漫，不喜欢浪费……"

我每说一句，他都会小声重复着。最后，我迷茫地说："我有个疑问，实在解不开，劳驾你给我回答下。你说你跟我妈要是成了的话，我既不想叫你爸爸，也不想叫你叔叔，更不想再叫你老头，那我叫你什么好呢？中国式的称谓，你给定一个。"

"嗯……那你叫我段哥吧！信段哥，准没错！"他甩了甩飘逸的头发。

行，段哥，以后你就带我们吃香喝辣吧！

读懂父亲的手

安锦上

我从小到大一直惧怕他的手。

我在背地里把他的手叫作"铁砂掌"。这双手，在我儿时曾经因为我跌倒、摔伤，第一时间将我扶在怀里；这双手，曾经因为我打架、逃学而无数次毫不留情地落在我的身上；这双手，曾经因为我淘气欺负别人，执拗地拉起我去"受害者"的家里道歉，我被他紧紧地拽着，当我小心翼翼地窥视到他眼里的愤怒的时候，心底会倏地升起莫名的恐惧。

手，是他对身体最不吝惜的部分。他用它们编筐，将如同手指一般粗的枝条轻松地折来折去；他用它们拔草，速度之快比得过锋利的镰刀；他用它们采摘长满尖刺的玫瑰，起个大早挑着担去县城里卖；他用它们推着车去50里以外，卖自家做的煎饼……他从来没有给这双立下了汗马功劳的大手抹过任何的护肤品，即便是后来我特意给他买了包装精致的护手霜，他照例是看也不看便将护手霜丢到了角落里。

那年春天，我生了一场大病，终于有力气能吃一点饭的时候，便跟母亲吵嚷着要喝鱼汤。因为治病，家里早已没有可供我如此奢侈的余钱，母亲急得要哭，他却丢下一句"收拾好锅灶等着做吧"，转身便出了家门。

一个小时以后，邻居将几条鲜嫩的小鱼提了进来。正在我美滋滋地将所有鱼肉吃得精光，又悠闲地享用着鲜美的鱼汤时，他皱着眉头走了进来。我以为他厌烦我嘴馋而生气，便尽量压低了喝汤的声音。过了片刻，我听见隔壁房间里的母亲轻轻哭泣的声音。我那时候没心没肺，并不关心大人的事，伴着母亲的低泣声把汤喝了个碗底朝天，连粘在碗底的香菜叶都不忘舔进了肚里。

我大病初愈后不久，一次无意中瞥见他的手，看到掌心一条大得近乎骇人的伤疤。我吃惊地问他是怎么弄的。他无所谓地笑笑说："没啥，你爸这双大手结实着呢！"

对于这个永远留在了他掌心的伤疤，他从来都是只字不提，就好像只不过是割麦时无意中被划伤的一道，看都不值得看上一眼，他还是那样继续忙碌着。

后来，我们兄妹几个相继上学，花费增大，只靠种地的收入已经完全不够用了。于是他开始用这双手创造额外的收入。他干过矿工，做过泥瓦匠，当过园林工人，拉过三轮车……那有着不明原因的伤疤的手就这样为经营一个小家庭而忙活着，只有在阴天下雨的时候，我才从他时而紧皱的眉间看出这条深深的伤疤带给他的疼痛。后来，他的身体不允许他那样东奔西跑了，他这才守在小城里靠一台八百元的疏通机器，做起疏通下水道的活儿。我那时候回家听到的从来都是他微笑着跟母亲提起，又攒够了我们下学期的学费，或是又可以给我们添置几件衣服了。家里人都以为他的工作真像他描述的那样，轻松地开动机器，"哗"的一下，便让堵塞的下水道畅通无阻。

那个星期天，我去一个住在县城的同学家里玩，正赶上他家厕所的便池堵塞，找了人在维修。我很好奇，便走进去看，没想到却看见父亲跪在便池旁边，一手拿着手电筒，一手用个铁钩费力地在便池的通道里钩着什么不小心掉进去的东西。同学的家人都因为恶臭，捂住鼻子站得远远的，没有人给他帮帮忙。那一刻，他只是一个被人花钱雇来干脏活的人。他的手上满是肮脏的秽物，但他全然顾不上，视力不太好的眼睛几乎贴到了便池的下水道口上。当那物件被铁钩钩到通道口的时候，担心它再掉下去，他竟然一下子用手把它抓了上来。而那物件上面早已脏得让人不忍心再看第二眼。

我没有等他回转身来便匆匆地告别朋友，跑回了家。我不想看到他的窘迫，不想亲眼看着他洗手的时候连人家的肥皂都不好意思用，只在回家后将一双皴裂干枯的手洗了又洗。这样的尴尬情景我不忍心看到。而他也一定不想让家里人知晓，否则，他不会那么经常地洗手，不会在妹妹笑他有"洁癖"时默不作声地背过身，用一条单独的毛巾，极细心地将手擦拭干净。

他就这样用一双大手不知疲倦地为我们赚取着学费。而我就是在那时候，从这双手开始慢慢读懂了他。

几年后，哥哥有了出息，找到了很好的工作，家里没有什么负担了，父亲终于可以享清福了，但他因为积劳成疾住进了医院。

他躺在了病床上，在我心目中一向魁梧伟岸的他突然变得那么瘦小。我想起了小时候生病时他给我捉的几条小鱼，跟妈妈提起了他手上那条深深的伤疤，这才从母亲口中得知，那次我生病，为了给我捉鱼吃，他用土炸药去河里炸鱼，鱼炸到了，他的手也因此血肉模糊，但他还是忍着剧痛让路过的邻居将小鱼捎回家来，之后才跑到卫生所去包扎伤口……我仿佛看到他在河里欣喜若狂地捡着鱼，全然忘记了还有一个未响的炸药。这个情节，就像电影胶片，播放的时候是温情的慢镜头，一帧一帧如此清晰，却又那么残酷。

我给他煮了他最喜欢吃的皮蛋瘦肉粥。他的手，那双曾经那么皮实的手竟然虚弱得连勺子都握不住，但他还是喜滋滋地一点一点地喝着粥，脸上满是孩子似的幸福，就像曾经的那个喝鱼汤喝到忘记了一切的"傻小子"。一场大病，就这样置换了我和他的位置。

可是我知道，有些东西是永远无法置换的。就像他是我的父亲，而我永远是他疼爱的"臭小子"；就像不管我怎样飞奔着去爱他，都无法赶得上时间催他老去的步伐，亦无法抵得上他曾经给过我的万分之一的呵护。

我们终是一条奔流的河

　　　　　　　　　　　　　　✎ 范泽木

一

　　他是我同母异父的弟弟，比我小十岁。父亲抛弃我和母亲后，母亲改嫁，而我则跟着外公外婆生活。他出生时，我正在草地上放牛。外婆高兴地告诉我："你当哥哥啦！"想到以后多了个亲密的玩伴，我很高兴，当即把牛牵回牛栏。

　　他五六岁时常待在外婆家。我本期待他与我"并肩作战"，不承想他整天与我"作战"。不是拍落我夹到手的菜，就是打掉我面前的碗，或者冷不丁抓我的脸。

　　邻居都说他调皮得要命，于是我教训他也就变得理所应当。有一回我在吃西瓜，他叫我帮他拿块西瓜，我说"你自己拿"。他突然将我手中的西瓜拍落，随即又拿起桌上的西瓜朝我砸过来。他居然扔得精准无比，西瓜狠狠地击中我的左眼，我顿时眼冒金星。我火冒三丈，也拿起西瓜朝他扔去。我用力很猛，但没打算扔中他，可他却躲闪着低下头来，于是西瓜正中他鼻子。我确实用力过猛了，他顿时鼻血直流，号哭不止。那一次，母亲给了我一个耳光。我大吼："街坊邻居有哪个不说他调皮的？"母亲颤抖着说："他是你弟弟，连你都这样对他，别人怎会对他好？"我的眼泪吧嗒吧嗒地往下掉。看着滴在地上的鼻血，我想跑过去安慰他，抱抱他，但最后还是沉默着倔强地走出门。

二

几年后，他已经是小学生，那年他在外婆家过年。他似乎早已忘了我们互扔西瓜的事，有说有笑地跟我说着学校的事。整个寒假，他几乎遥控器不离手，津津有味地看着幼稚的《喜羊羊与灰太狼》。让我反感的是，他喜欢把电视的声音调到最大，震耳欲聋的声音让心脏不好的外婆十分难受。我建议他调低声音，但他竟然说，外婆正因为不能适应这么大的声音，所以要加强锻炼。我的眼睛几乎要冒出火来。我一把夺过他的遥控器并拎起他的衣领。

在我家作客的邻居说："算了，不要与他计较了，他从小就不像你这样懂事。"我松开他的衣领，颓然坐下，罢了罢了，我曾经因为有了弟弟而高兴，却不想，我们居然比陌路人更不堪。

这么一想，我突然悲从中来，抬头看他，发现他正歪着脖子，拿眼睨视着我。

三

工作之后，我回家的次数越来越少。我很久没有与他通过电话，也没和他见面。我很少对人说起他，我们像两条永不交汇的河流，兀自流淌。

再次见到他，他已经读初二了，喜欢上了篮球，一直与我聊篮球。他长高了不少，自然也懂事了许多。我们肩并肩一起去逛商场，他双手插在裤袋里，步伐矫健，身上全是青春的气息。我蓦然一惊，多年前听到他降生时，我期待的便是这样的情景。我到体育用品店，给他买了个篮球。在付钱的那一刻，我突然觉得无比幸福，就像走过初春的田野。

他读初二的第二个学期，我出版了第一本书。想到他快要读初三了，便留了一本样书，写了几句鼓励的话，打算送给他。他一直不知道我在写作，再见面时，我把书给他，他喜出望外地接过书，饶有兴致地读起来。

他读初三的第一个学期，一天中午，我突然接到他班主任的电话。电话里说："你是维仁的哥哥吗？快来学校一趟。""怎么了？我弟弟咋了？"我大声地喊着，电话里却没有声音了。我驱车赶到他的学校，发现他正在上体育课，我松了口气。"不好意思，我的手机没电了。你弟弟的篮球由于太旧漏气了。我叫他买个新的，他说这是你买的，执意不肯换，也不肯用同学的。明年中考要测试打篮球，现在他用这个漏气的篮球影响训练效果，如果因为这个影响中考，那就太可惜了。"他班主任无奈地说。弟弟抱着我送他的篮球，低着头，没有看我。我搂着他的肩膀说："走，哥带你去买个新的。"

四

那真是一个多事之秋。几天后，我又接到他班主任的电话。"你快来学校一趟吧！你弟弟把别人打伤了。"我顾不得向单位请假便跑到他的学校。他站在办公室，脸上青一块紫一块，想必是打架的结果。我气急败坏地问他："你怎么可以打架呢？"他双手摸着裤管，一声不吭。我买了些水果，和他一起去同学家道歉。他站在同学家里，像块石头一动不动。我推了推他，说："你把人家打伤了，快道歉啊！"他把我的话当成耳边风，依然一声不响。我喊道："你到底道不道歉？"他红着眼睛，眼眶里立刻聚集了泪水。"他说你写的书是垃圾！"说完后，他再也抑制不住情绪，蹲在地上抱着膝盖失声痛哭起来。想必他是因为这句话和同学打架的。想到那天他接过书时满脸灿烂的样子，我似乎隐隐懂得他的幸福被同学击碎时的愤怒。那感觉就像你小心翼翼地捧着一盆心爱的花，却被别人往上面吐了口痰。我蹲下身，所有想说的话都变成轻轻落在他肩上的拍打。如果没那么多人在场，我肯定会紧紧抱住他。

五

他读高一那年秋天，我带他与他的一些同学去安顶山野炊。在山脚停了车后，我们挑着东西上山。吃过午饭后，他的同学们回家了，我与他在山道上闲逛。不久后，空中突然乌云滚滚，厚重的雨云几乎要擦到我的额头。他带了伞，我却没有任何雨具。他夺过我挑着的炊具，说："你快跑到车上等我，我有雨伞，我来挑。"我说："我挑，下山要不了几分钟。"他倔强地说："没必要两个人一起淋，你快到车上等我。"他此刻像极了我，说话带有不容拒绝的意味。我一路飞奔，终于在大雨来临前跑上车。那雨如泼如倒，使我根本看不见十米外的情形。过了十多分钟，我看到他的身影朝我移来。他皱着眉，眯着眼，挑着炊具一路小跑。雨伞像小花一样随风摇摆，他早已浑身湿透。

我突然泣不成声，眼泪如大雨蒙住车窗一般蒙着我的眼。我和弟弟，像两条河流，在历经许多曲折后终于一起奔流。

被忽略的爱

✎ **一路开花**

一

除了外貌相似之外，我和莫朴生再没有半点相似之处。他性格内向，思想保守，不但没有朋友，成绩还差得一塌糊涂。而我呢？不但性格开朗，并且朋友众多，成绩名列前茅。

莫朴生自知学习成绩难以提升，因此在家里表现得异常勤快。周末，我在家里做功课，他就自告奋勇地跑到田里帮母亲干农活。时间一长，阳光把他的皮肤晒得黝黑，他的身体也壮实了许多。于是，很多人便以为他是我哥哥。其实，他是小我一岁的弟弟。

母亲为了让我俩能在学习上互相帮助，特意让我晚上学一年，和他进同一班。结果，每次考试过后，受批评的总是他，获得表扬的总是我。

很多时候，周围的伙伴会开玩笑似的问我："嗨，小树，朴生真是你弟弟吗？你们为什么差距那么大？"

上中学第一年，我终于鼓足勇气，决定彻底和他分道扬镳了。每次放学和他走在一起，后面总是有人指指点点："看哪，那就是小树的弟弟！他哥俩倒好，一个正数第一，一个倒数第一。第一全让他家给占了！哈哈……"

那天，莫朴生不知道我已经彻底把他"抛弃"了，仍旧愣愣地像往常一样站在校门口的停车场等我。整整一个中午，他都没有回家。母亲在饭桌上不停嘀咕："小树，你弟今天是怎么了？你没和他一起回来吗？是不是在学校里出了什么事儿？我待会儿去看看！"

我让母亲这一说给弄急了，生怕她知道真相后会狠狠地揍我一顿，于是，只好撒谎告诉她，莫朴生不过是英语单词没过关被留校听写而已。

母亲摇摇头说："小树，你有时间多教教你弟，他脑袋不太好使，你得有点耐心，知道吗？"

二

我和莫朴生分道三年后，他便彻底从我的校园生活中消失了。

16岁那年，莫朴生中考落榜，主动去了外地打工。不论母亲如何劝慰，均不奏效。他死活不愿自费继续读高中。

上高中后，班上的很多同学都有手机。于是，出于自尊心，在莫朴生走后不到两个月的时间里，我就先后五次央求母亲给我买手机。

莫朴生从广州打来电话，他说："小树，咱爸死得早，你知道咱妈把我们哥俩拉扯大有多不容易吗？你现在念了高中，虽说是件好事，但也是一笔不小的开支，你怎么能那么不懂事呢？"

从小到大，在我心里，莫朴生一直都是软弱无能，被批评的对象。因此，他现在所说的话，对于我来说，根本不是教育，而是一种极大的侮辱。

我在电话里冷笑着嘲讽："我不懂事？好，就你懂事！懂得妈的辛苦，懂得妈的操劳，所以年年考倒数第一，年年拉低班级平均分拖后腿！"

那是我第一次和莫朴生发生如此激烈的争吵。

从那之后，莫朴生所有的来信、电话，我都是拒绝的。母亲一遍又一遍地开导我："小树啊，你弟虽然读书不行，但他为人诚恳老实。再说了，他在外面那么辛苦地打工，不就是为了维持这个家，希望你能有出息吗？你怎么能这样呢？"

莫朴生陆续给我写过许多封信，不是被我扔到窗外，就是被我烧成灰烬。我心里始终不服气。从小就一事无成的莫朴生，凭什么这样教训我？

为了得到手机，期末考试的时候，我故意把数学试卷最后的三道大题做错。我的名次从年级第一一下落到了年级第五十。

母亲慌慌张张地给莫朴生打了电话，说要是再不给我买手机，我可能就彻底废了。

三

莫朴生从广州赶回来的时候，我正在楼上悠闲地看电视。他一把将我按倒在地，狠狠地抽了我两个耳光。我顿时头晕目眩，眼冒金星。

常年的体力劳动使他的身体变得异常结实，因此，尽管我比他大一岁，可还是被他打得毫无还手之力。

他恶狠狠地冲着我吼："你读什么狗屁书？像你这种没心没肺的人，就算考上清华、北大又有什么用？如果我不回家，是不是咱妈死了你都不知道？！"

楼下，母亲正安静地躺在床上。我伸手一碰发现她的额头滚烫。莫朴生弯腰将母亲背起，准备把她送进医院。在去医院的路上，母亲微眯着双眼，有气无力地喃喃："朴生啊，别，别去医院，我，我，没事儿，去医院，又得花钱，小树将来，啊，念大学还得用钱呐……"

我跟在莫朴生身后一路小跑，听到这样的话，忽然情不自禁地哭了起来。

莫朴生急了，一面马不停蹄地跑着，一面说："妈，您操什么心？上什么大学能比您的命更重要？再说了，您心疼别人，别人不一定心疼您。"

医生说，母亲是过度体力劳动导致身体虚弱才感染了风寒。

母亲病愈后，莫朴生决定留在家中。母亲问他为何，他说："妈，我走了之后，家里的所有农活又都是您一个人干了。有我在的话，多少还能帮帮您。"

莫朴生的这番话使我羞愧不已。

四

高三新学期，莫朴生单独找我谈话。他极其诚恳地说："哥，我本来想给你买个手机，但觉得手机对现在的你来说也不一定实用。于是，我想这样，咱俩做一个约定，只要你好好读书，考上重点大学，我就用我的积蓄给你买台笔记本电脑，你看如何？"

我哈哈大笑，拍拍莫朴生宽厚的肩膀："朴生同学，你觉得我考不上重点大学？我告诉你，这次你绝对输惨了。我看上的那个笔记本电脑差不多要五千元人民币呢，你可得准备好哦！"

莫朴生放声大笑，说道："唉，才五千块啊？小意思！说话算话啊，重点大学！"

和莫朴生约定之后，我开始了更为拼命的苦读。其实，我已经慢慢懂事，我之所以这样，并不全是为了得到莫朴生买的笔记本电脑，更多的，是我不想让母亲和他失望。

莫朴生生日那天，我主动向班主任说明情况，晚自习请了假。我用学校发给我的奖学金买了个生日蛋糕，准备给莫朴生一个惊喜。这么多年，他从来没有好好过过一回生日。

我捧着刚买的生日蛋糕，悄悄地推门进了家。房间门虚掩，似乎有人在里面窃窃私语。我将蛋糕放在桌底，慢慢地靠近，想要偷听他们说些什么。透过狭小的缝隙，我分明看到莫朴生正赤裸着通红的后背趴在床上，而母亲正在细心地为他上药。

母亲说："朴生，要不就别干了，你看你这后背都成什么样了。"

"妈，你这是什么话？就这点伤能难倒你儿子？再说了，我都答应小树了，等他考上大学就给他买个笔记本电脑，这话能不算数吗？你看，我现在努力干一天就能赚六十元，一个月就是一千八百元。那么，除去家里的开支，不用五个月，我就能攒下给小树买电脑的钱……"

站在门外，我再也忍不住泪水，号啕大哭起来。莫朴生一个骨碌从床上翻了起来，过来拉着我急切地问："哥你怎么了？是谁欺负你了？告诉我！"

"朴生，从小到大，我从来没有尽过一天做哥哥的责任。我从来没有关心过你，从来没有帮你补习过功课，也从来没有把你当成真正的弟弟，反而是你，一直像哥哥一样对我……"

朴生，原谅哥哥，我从不知道你是如此爱我。

我很在乎你

✒ 萍　萍

一

父亲的再婚对象周姨，居然是苏小康的母亲。真不敢想象，这会是真的！

我和苏小康从小学起就是同学，他是班上唯一一个我不与之说话的男生。他不仅成绩差、性格霸道，撕烂过我的作业本，而且把玩具蛇塞进我的书包，害我在课堂上掏书本时当场被吓得号啕大哭，我一直怀恨在心。我们从小学一直同班到初中，彼此间没有友谊。

我最担心父亲了，人到中年，突然多了个十几岁的叛逆儿子，有他头疼的。苏小康很不友善，在家里，他只和他母亲说话，当我和父亲是透明人。他这么做时，我也会故意笑盈盈地和父亲说话。当然，每次我和父亲谈笑风生时，我都会顾及周姨，却故意冷落苏小康。

周姨对我父亲很体贴，对我也很好。她不仅把家事料理得井然有序，还烧得一手好菜。在心底里，我喜欢周姨。母亲五年前因病去世后，我和父亲相依为命。他不仅要忙工作还要照顾我，家里常是脏衣服成堆，厨房更是油污堆积。周姨的到来，改变了这一切，也让久违的笑容回到了父亲脸上。如果周姨不是苏小康的母亲，那该多好。

二

吃饭时，父亲找苏小康说话。苏小康爱搭不理。我气不过，大声嚷："喂！你是聋子吗？我爸和你说话，你听不见吗？"苏小康抬起头，瞪着我。我不甘示弱地对视。

"小康！"周姨低低地呵斥。苏小康犹豫片刻，还是重新低下头。

"没教养！"我嘀咕。

"你说什么？再说一遍！"苏小康重重地放下碗，"腾"地一下站起身。

"怎么？想打我呀？"我也站了起来，刻薄地说，"你要记清楚，这里可是我家。"

"烨烨，这里也是小康家，我们是一家人。"父亲及时责骂我。

苏小康愤愤地说："吴烨烨，我会记住这是你家。你在同学中说的那些话，我也会记住。我不会赖在你家的，我妈也不是你们家的免费保姆。妈，我们走！"苏小康眼眶红了，起身就要拉起周姨离开。父亲慌忙劝阻，我一阵心悸。我确实对身边的同学说过这些话，但我当时只是想划清和他的界线随口胡说的，我没想到这些话居然会传到他耳中。

"啪！"一声脆响，我的脸上严严实实地挨了父亲一记耳光。我捂着火辣辣的脸，冲回了房间。那天晚上，父亲一直待在我的房间，和我说话。我背对他，一句也不想听。

父亲对我说了苏小康家的事。他父亲是一名军人，在一次抗洪抢险时，为了救一个落水的女娃，付出了自己的生命。"你周姨谢绝了部队的照顾，一个人带着孩子……"父亲声音哽咽。他很努力地控制自己，却忍不住抽泣起来。虽然那个被苏小康父亲救起的落水女娃不是我，但我的生命是一名消防战士在一场火灾中冒着生命危险救回来的。

想起小学时，苏小康常常穿着破衣服去上学，头发脏乱，我还和同学一起嘲笑他是"野孩子"……回忆往事，我的泪不断落下。

三

初三升学考试前，我生病了。周姨整夜陪在医院，守在我的床前。那段日子父亲出差在外，家里煮饭的事全靠苏小康。每天，他都会送饭到医院，但我们没有说话。他离开时，我伫立在窗前，望着他离去的背影愣神。

在周姨的悉心照顾下，我很快出院了。那时，离中考只剩一个多月时间。苏小康对中考毫不在意，他不像我那么用心准备。我为他着急，悄悄把复习笔记放在他房间，可他没动过。

一天体育课，不知什么原因，苏小康和程勇打了起来。程勇是校篮球队的，瘦弱的苏小康哪是他的对手，连招架都难。来不及多想，我冲进人群，挡在了苏小康面前："程勇，你凭什么打人？"程勇疑惑地盯着我说："吴烨烨？你不是很讨厌他吗？我正帮你出气呢！"

"你管什么闲事？"我愤愤地说，我知道程勇一直对我很好。

"你的闲事，我管定了，我就打这没爹的野种。"程勇说着，又一脚踹到苏小康身上。我使劲拉着程勇的手，拉不住时，狠狠在他手腕上咬了一口。程勇没想到我会咬他，痛得大叫："吴烨烨，你疯了，咬我做什么？""你必须马上收回你的话，向苏小康道歉！"我气势汹汹地说。

我转身想帮苏小康擦去嘴角的血迹时，他猛地推了我一把，一个趔趄，我重重地摔倒在地。我不解地望着苏小康。他愣了一下，推开身边的人，撒腿跑出了学校。

四

苏小康很晚了都没回家。我吃不下饭，站在窗前心一直发慌。爸爸出差了，周姨上夜班，家里只剩我一个人。等到午夜，我没有信心再等下去，关好门跑出去找他。我不知道他会去哪儿。一路走，一路呼喊着他的名字。走过一条又一条长街，公园、河畔，我都没找到他。眼泪汹涌而出，我哽咽着喊："苏小康，你在哪儿？你出来。"

夜风凉爽，我的心却冰凉，我的呼喊那么凄凉和无助。我不知道苏小康跑去哪儿了？实在累了，我坐在龙津河畔，搓着疼痛的脚，望着苍茫的河面，禁不住哭起来。

"哭什么？回家吧！"当苏小康突然出现在我面前时，我吓了一跳，随即跑过去紧紧抓住他的手，生怕一松手，他又会跑得无影无踪。

"你担心我？"他目光闪烁。我低下头，不敢看他。原来他一直躲在家门前的绿化带后面，看见我出门，也听见我在喊他的名字，但他故意不回应我，远远地跟着我，走了一条又一条长街。"现在为什么出来了？"我愤怒地问。

"不想看见你哭。"他说。那天夜里，在龙津河畔，我们像兄妹一样，肩并肩坐在一起，说了一整夜的话。

五

中考后，苏小康去了省技校，学的是烹饪专业。我考上了市里最好的高中。在苏小康去技校的前夜，我们又一次来到龙津河畔。

"我妈在家里全靠你了。我会好好学的，学成后就可以炒几个好菜犒劳你。"苏小康说。

"胸无大志，男孩子怎么会喜欢学煮饭？"我说道，心里很替他可惜。

"每个人都有自己的人生，选择做自己喜欢做的事，不好吗？"他反问我。

"好是好，只要你自己喜欢。放心吧，周姨也是我妈，我们会互相照顾的，记得也要给我爸写信，他很在乎你的，让他开心些……"说着，我拍拍他的肩膀。

人生就是这么奇妙，如果不是父亲再婚，我和苏小康之间不会有任何联系，更不会有这段同行的日子。

我很庆幸自己学会了珍惜和感恩。

流泪的邮戳

水青衫

一

尽管在此之前，我的屁股已被你认认真真招呼了无数次。可是，这次，当你厚实的手掌依旧在那个老地方上下翻飞时，我奇迹般规规矩矩地站在那里，瞪着一双眼睛默不作声地看着你。

你愣了一下，说："咋地？十五岁翅膀就硬了？"说完，又变本加厉地揪住我的耳朵，用你在棉纺厂给两根断线打结的娴熟手法，将它拧成了麻花。

是的，我已烦透了你。父母离婚后，父亲将我丢给母亲，母亲将我丢给你，然后去了南方打工。三年了，他们谁都没回来过，也从不管我，而你也只不过是我的外婆，凭什么这样理直气壮地打我？凭什么这样声色俱厉地逼我上学？更何况我根本不是读书的料，一到教室我的眼皮就开始打架，考试成绩往往是倒数⋯⋯

打吧，打吧！我暗暗发誓，这将是你最后一次揍我。因为我已下定决心，明天就离开这里，给人生贴上一枚梦想的邮票，让自己尽情地拼搏⋯⋯不也有很多没上过学最终获得成功的人的范例吗？条条大道通罗马，行行都能出状元。有朝一日，等我攒够了钱就回来，开着豪华的轿车，去那个破烂的棉纺厂接你。

二

我揣上仅有的五百元钱。这钱是我从你给我的生活费里偷偷攒下的。母亲曾经寄回来一封信，上面有她的地址。是的，我准备去找她，三年了，她没回过家，她工作一定很忙。十五岁的我也算得上是小大人了，我也要去挣钱，不要让她那么辛苦。

可没想到的是，闭着眼睛都能在小城那宽街窄巷里横冲直撞的我，仅仅在中途的一次转车中，就迷失了方向。幸好在列车员查票时，我才知道自己踏上了一列开往大西南的火车。

可我要去的是广州！在列车员的指引下，我狼狈地在就近一站下了车。

外面大雨滂沱，我在候车室里暗暗后悔，上地理课时怎么就没多学学？哦，我想起来了，那些时光，都浪费在了探寻学校附近网吧位置的奔走之中，没想到，会有一日要在这里派上用场。

网吧，车站附近都是网吧。只有那个地方，才是我现在唯一的可去之处。

上了线，QQ留言像外面的大雨一样密集。老师的，同学的，都是一个内容：快回家，你外婆急疯了！

没想到，你动员了我QQ里所有的联系人给我留言。那里面有很多人被我捉弄过，你是怎么说服他们的呢？记得上次你去一个被我打伤的同学家里道歉，你耷拉着头，厚实有力的大手颓然失去了霸气，局促地垂在衣角，像一个不知所措的小学生。可那个同学，竟然睨着眼睛看你。那次，要不是看到你满头花白的头发，我真想上去再揍他一顿。

我揍他有什么错？谁让他说母亲不是离婚了，而是死了。你说，他这样咒母亲，我能不揍他？

我给一个铁哥们儿留言，我要去找母亲。

三

吃一堑，长一智。后面我没再坐错火车。几经辗转，我终于到达广州。一路问东问西，我找到了母亲信封上的地址。

工厂门卫翻了半天的花名册，一脸郁闷地摇摇头，然后给什么人打了电话。不一会儿，一个大腹便便的人走出来，将信封甩给我，说："你妈三年前打工得急病去世了，你是他儿子？怎么会不知道？哦，想起来了，是你外婆来办理的后事。"

这些话像飓风像霹雳，我觳觫得如雨中绝望的小鸟，转过身，没想到第一眼就看见了你。

广州的温度比家乡高，街上的人都穿着衬衫，可你竟然还穿着棉纺厂那件夹克工作服，衣领上的汗渍白蒙蒙一片。你一定是得到了我来广州的消息，从棉纺厂直奔车站，又直接跑到这里的吧？

此时，你的眼中早已没了曾经的严肃。事情的败露使你有些可怜兮兮，怯怯地说："那时你刚上重点初中，我怕影响你学习，后来……也不知道该怎样告诉你了……"

我不想听你说，撇下你跑开了。

我知道你就在后面追，不弃不舍，可是你没想想，你已是一个六十多岁的老婆子了，又连日奔波，怎么可能追上健步如飞的我？

你的脚步在跌倒声中停止了。但我没有回头，我怕我一回头，泪就奔涌而下。

我无处可去，藏在了一家录像厅里，昏天暗地地抽烟，没日没夜地看片子。那天，正放映《外婆的家》，片中的小孩想吃肯德基，可他外婆不知道那是什么，竟杀了一只鸡炖了……

原来天下也有和你一样"笨"的外婆啊。那次，我说我脚老出汗，叫你给我买那种带有"网布"的运动鞋，结果你竟买了双"特步"回来，还十分内疚地说，鞋店里都是"特步""锐步"什么的，真没那个叫"网步"的。我后来才知道买那双鞋花了五百多元钱，是你省下了看病的钱……

四

我知道你是爱我的。你在失去了女儿后，隐忍着痛，默默支撑着，给了我一份爱的天空。

外面阳光刺眼，闹市的街头围有一群人，我挤了进去，没想到竟然是你。你坐在地上睡着了，头发乱蓬蓬的，如风中花白的茅草；嘴唇裂开了口子，脸多日没洗一团灰一团白，一个没有吃完的烧饼露在口袋外……地上有一块写满大字的布和一张我的照片——外婆错了，跟我回家！

原来你一直在找我，一直在等我。

我扶你的时候，一个小本子从衣服里掉了下来，上面密密麻麻地写满了街道名称，并且还标注了符号，原来在这几天里，你为了找我，一百多家网吧，你一家一家找，一处一处寻，包括任何一个我有可能去的场所。

那天，你就说了一句话，使得我义无反顾地返回课堂。你说："我那么严厉地对你，是想让你学有所成，不要像你母亲那样，只能在工厂打工。"说罢，你像一个无助的孩童般，在这个阳光灿烂的街头，号啕大哭起来。

哭吧，哭吧。外婆，我们回家！

直到今日，我一直在想，如果说那次叛逆的离家出走是一张写满伤痛的信笺，那么懵懂就是上面的邮票，而你小本子上面标注的符号，还有你的号啕大哭，却是印在我年少时光里一枚鞭策激励的邮戳，牢牢钉在了我的心里，而也正是这枚流泪的邮戳，成为我今生最大的心痛。

我愿意被您放逐天际

宁静致远

一

老班不止一次对我说："刘依然，你喜爱文学可以，但更要注意夯实基本功。"

可我听不进去，反而总想找机会让他难堪。机会终于来了，那天他让我回答问题，我不假思索地答道："我不会。"他当时怔住了，我用挑衅的眼神回应着他。

过了许久，他的声音重新响在教室里："刘依然，请你出去！"

我傲然地从教室里走了出来，像个胜利者。他的声音听似高亢，不过面容看着憔悴，看来他这次受了内伤。

教室外面的风景真好，校园花坛里的花竞相开放，空气里弥漫着一股甜香。这美丽的花园哟！我在心里又开始了抒情。

二

放学以后，我决定离家出走。

我其实一直是个乖乖女的，对离家出走的孩子原本心存鄙视，没想到自己有一天也会踏上这条路。但这都怨老班，那天他下课后竟然对我说："刘依然，你等着，回家让你妈好好收拾你！"

他一"威胁"，我就蒙了，可我还是装作平静地说："别跟我妈说了，课堂上我再也不顶撞你了还不行吗？"

他面无表情地冷冷拒绝。

"那好，随便你。"

放学的路上，我想象着妈妈在听完他的告状后是多么的失落沮丧，没想到辛苦培养的女儿竟没有一点淑女样，还被老班赶出了教室。想着想着，我扭转身，朝跟家相反的方向走去。

三

我的口袋里空空如也，都怪老班，总是对妈妈说："小孩子家家，用的吃的家长都买了，兜里装钱干啥。"我也不知道妈妈怎么这样听他的话，再不给我零花钱。

路灯亮了起来。我的肚子"咕咕"叫起来，为了和它对抗，我把背后的书包拿下来抱在怀里，但饥饿感并没有因此而消失。街边飘来串串香的味道，让我垂涎欲滴。我想妈妈肯定烧了我最爱吃的红焖大虾，但我还是咬咬牙，把回家的念头硬生生憋了回去。

走着走着，我吃惊地发现眼前的身影竟然越来越熟悉——老班竟幽灵般地出现了，但他浑身湿漉漉的，怎么像刚被打捞上岸一样？

我吓了一跳，他看到我眼里先是惊喜，然后便是责备。他见我安然无恙松了口气，然后打了一个电话，过了不多久，妈妈气喘吁吁地跑来了，将我抱在怀里，泪水打湿了我的头发，难过地说："我都急死了，你说你要是去哪个地方，也得先跟妈妈说一声啊！"

　　妈妈拉着我回了家。家里的灯光真温暖，意料之中地妈妈给我端来了红焖大虾，她小心翼翼地为我剥虾。她剥的远远比不上我吃的速度。老班在旁边提醒妈妈："她这么老半天没吃东西了，整个一饿死鬼投胎，再有两盘虾也不够她吃，先拿块面包让她垫底儿。"

　　妈妈像接到了圣旨一样，立刻站起身给我拿来面包。我气鼓鼓地瞪了瞪他，他却像没有看到似的扭转身，进了洗手间。

四

　　第二天吃早饭的时候我没有见到老班，想他肯定又早早到学校了。临出门的时候，妈妈看样子想要对我说啥，最终却没有说出口。

　　轮到老班的课的时候，走进来的却是数学老师。他呢？一向严谨的他怎么会不来上课呢？下课时我向数学老师打听，他一副看到了外星人的样子，问："你真不知道？"

　　我摇摇头，心想，他的事儿我才懒得问呢！

　　"他病了，在办公室烧得很厉害，这才请了假。"

　　听数学老师这样说，我的心仿佛被什么东西触碰了一下。

　　这一天我的脑子都很乱，老师讲的话一句也听不进去，满脑子都是老班的影子，仿佛看见他躺在病床上，手背上插着银色的针头，上面接着长长的点滴管。

　　下课了，我给妈妈打了电话，问她老班在哪家医院。

　　妈妈在电话那端说："别去医院了，他已经从医院回来，在家里歇着呢……"我发现我竟然是那么迫切地想见到他，哪怕是他冲我怒吼，我也要马上回去！

五

回家的路上，我想给老班买束白玫瑰。摸口袋的时候，才想起妈妈没有给过我钱。我满怀渴望地看着卖花姑娘说："您先给我一束，明天我一定把钱给您。"她笑了，眼睛里满是怜惜，说："这花送你了。"

我高兴地捧着白玫瑰回到家中，老班正安静地斜靠在床头。见我进来，脸上挤出了一丝微笑，我在他旁边坐下来，把花递给他："送你的。"

他接过了花，眼里满是感动，竟然挣扎着要坐起来，但努力了几次都没有成功，我赶紧按住了他。妈妈进来了，看到我正按住他肩膀，笑着说："依然长大了。"

他则满怀歉意地说："依然啊，怎么不在学校好好上课，跑回家里做什么。"

我的眼睛一下子潮湿了，却一个字也说不出，只是使劲儿地摇了摇头。

妈妈说："依然，他刚打完点滴，让他歇会儿吧！"

妈妈拉着我来到了楼下的小湖边，感慨地说："昨晚你继父找你，远远地看到湖边一个身影很像你，但走近了却找不到人，以为你想不开跳湖了，当时就急了，一头扎进湖里找了足足半个小时。后来，他问卖烤红薯的大婶，是否看到你这个样子的女孩子跳进湖里，对方笑着说，十月份这么冷的天，哪有人跳下去啊？半个小时前，还真有女孩子路过，但是走开了啊。他这才放心，找到你后，整个人就松懈了下来，今天就发了高烧。你出门的时候我想告诉你这件事，是他不让说。"

我的泪水终于流了出来。

"依然，你不知道，他并不反对你热爱文学，但是你现在毕竟处于高中阶段，学业才是头等大事啊，而你总是不理解他的严格要求，还恨上了他。做家长的，都是在用心给孩子指路……"

听了妈妈的诉说，我终于明白，他那双环绕着我的手看起来冷冷的，其实是暖暖的。我重新来到了他的房间，他已经安然入睡。我轻轻地走过去，把满是泪水的脸贴在他长出胡须的脸上，低声说道："老爸，刘依然错了，请您原谅，如果您还有气，我愿意被您放逐天际！"

我知道他不会舍得把我放逐天际，因为伴随着我泪水的，还有他的泪。

解码青春期
心理健康课
趣味小测试
快乐聊天室

扫码获取

我们都是对方最好的礼物

✎ 凝 裳

一

16岁那年寒假，我被奶奶接到小镇。我知道这是因为爸爸要娶一个女人当我的新妈妈，奶奶不愿意让我受委屈。

江南小镇像水墨画一样美丽，我却开心不起来。从奶奶家的窗户望出去，是窄窄的小巷、窄窄的天空，阳光落进老屋时，窗外响起了琴声。循声望去，一个长发女孩，穿着一袭白裙站在某一家的门口拉小提琴。这场景很像一幅油画，只是拉出来的琴声有些古怪。我悄悄掏出了画夹，一笔一笔画了起来。

不知什么时候，奶奶站在了我的身后，她说："如果你想学琴，明天我去问问。"说完奶奶叹了口气。我说："我想学画画。"

吃晚饭时，我听到奶奶给爸爸打电话，她说："小月想学画，那就让她学吧！"

我的眼泪一下子溢了出来，去世的妈妈就是学画的，爸爸曾经从不让我动画笔的。

二

又是一个午后，我跑出石库门，直直地站在拉琴的女孩面前，她停下来时，我伸出手去大声说："我叫罗新月，我们交个朋友吧？"

女孩轻轻地笑了，也伸出了手："当然没问题，我叫范小兮。"

后来，我和范小兮坐在小河边说起这段时，范小兮说："小月，你知道吗，你简直把我给弄傻了。在那之前，从没有人跟我握过手，也从没有人说要做我的朋友。"

我笑笑，不说话。她当然不知道当时我的心跳得有多厉害，万一这丫头转身回家了，那我的面子可往哪儿搁啊。

范小兮还说："你不知道你有多帅呀，牛仔裤，格子衬衫，在咱们这里，可是很少有人这样穿的。"

我说："那时我只看到拉琴的女孩是个淑女，可没想到她是个唠叨的老太婆呀。"

水波一漾一漾的，像两个女孩的心波。

三

有了范小兮，我的日子仿佛一下子充盈了起来。

我跟范小兮去少年宫，她学琴，我学画。她碰到人就说："这是我朋友罗新月，从上海来的。"一脸得意的样子。

我说："小姐，你把我当宝贝显摆呢？"她才不管，一路走过去，我的名字就被大家记住了。甚至有人还说，新月，多好听的名字呀！

范小兮回过头，脆生生地对我说："新月，在你之前我可是咱们少年宫的小美女呢，你一来就抢了我的风头。唉，谁叫你是我朋友呢？不计较了。"

我笑着挠她的痒，她最怕的就是这一手，只好举手投降了。

四

我给范小兮画了很多张素描，她是典型的江南美人。看到我的那些画时，范小兮正在吃奶奶给她做的汤圆，她努力地咽下去然后说："新月，没看出来你是当画家的料啊。"

我扔下画笔说："我才不要当画家，只是闲着无聊罢了。"

范小兮拿起琴，说："下面请范小兮女士给罗新月女士演奏一首曲子！"

我问："为什么都是女士？"

她白了我一眼，说："亏你还是从大城市来的，叫女士显得有档次。"

我捂住嘴："好好好，我洗耳恭听范小兮女士的高档次演奏。"

范小兮刚拉第一根弦，声音就有些声嘶力竭。猫咪"嗖"的一下扑到我怀里，我笑倒在床上。小兮摇头叹息："艺术家总是寂寞的！知音怎么就那么难找呢？"说完，她扑到床上，与我笑成一团。

五

和范小兮在一起的日子，想不快乐都难。只是我发现，我说话时，小兮总是侧右耳倾听。我问她，她说："有吗？我有吗？"

寒假即将结束时，爸爸与新妈妈一同来到奶奶家。我要跟着他们回上海了。走的那天，小兮沉默了下来，她说："新月，你走了，我想你怎么办？"

我不敢对她说其实我也舍不得她，在偌大的上海，我也没有朋友，我的同学们个个眼睛盯着名牌大学，没有人会把我当成宝贝隆重介绍出去。

我在我的那些画上签上名字，送给小兮，并说："范小兮女士，你要好好保存，等我出了名，你就拿到纽约拍卖行去卖掉，没准能赚上一大笔呢！"

小兮红着眼睛、红着鼻头笑着说："人家才不呢，我要好好地保存下去，传给孙子，告诉他，这可是你奶奶最好的朋友留下的。"

我的鼻子酸酸的。我没有告诉小兮，我永远也成不了画家，因为我是色盲，我分不清颜色。

六

回到上海以后，我常常会想小兮，想小兮说过的话："新月，等你过生日时，我会送你一份大礼。"

如果她把她自己送给我，那一定是一份大礼。

我没有告诉小兮，我也会送她一份生日礼物，也是一份大礼。

没过几天，范小兮打来电话说："罗新月女士，你的画我收到了。只是那太阳怎么是绿色的啊？还有，那些草怎么是红色的呀？"

我握着电话小声说："就如你只能用右耳听我说话一样，我只能画绿色的太阳红色的草。唉，艺术家，总是寂寞的，知音怎么就那么难找呢？"

说完，我们都笑了，然后又都哭了。

"罗新月，你要快乐！"

"范小兮，你也要快乐！"

亲爱的范小兮女士，我会快乐。我会记得你给我的快乐，我会感激在我不完整的生命里，你用琴声温暖过的那段时光……

当两个女孩对着电话又哭又笑时，友情深深地亲吻着我们。我们送给了对方最好的礼物——天使的礼物！我们的身体有缺陷，但是我们坚守住了幸福的底线，那就是从不放弃对幸福的渴望。

●解码青春期
●心理健康课
●趣味小测试
●快乐聊天室

扫码获取

你在我心上，安静地守望

王树霞

一

姥姥身上有着旧时代的烙印，她喜欢穿纹理粗糙、色泽暗沉的青色对襟布衣，爱把长长的灰白头发盘成一个髻，用银簪子别在脑后。

姥姥日常活动范围最远不过是家门口的那条长胡同，若有一天她踮着小脚出现在胡同口庞大厚实的石磨前，则是为了把玩耍的我撵回家。

漫长闷热的夏天，胡同口前那条宽阔的河也变得丰盈起来，木栅桥横卧两岸，波光粼粼，有鸭鹅荡开碧绿的波，岸边杨柳垂垂，有孩童、浣衣女欢笑高歌。

我和邻居家的小伙伴，曾异想天开要跑赢这潺潺流水，于是便顺着河道一起穿越村庄，踏过石板路，跑进麦香阵阵的田野，跑入鸟鸣蝉噪的白桦林。我们累得气喘吁吁，河水却依旧不急不缓，一路蜿蜒而去，流入崇山峻岭间。

于是我们一大群小孩又嘻嘻哈哈折回来，在长长的胡同里穿梭奔跑，在岸边赶小鸭子下河游泳，在半矮围墙上爬上跳下，那是童年里最无忧无虑的时光。

二

玩累了，我便跟着姥姥回家，翘着小脚丫躺到炕上，看她给我剪好看的窗纸。姥姥剪窗纸是远近出名的，只需几分钟，便能剪出惟妙惟肖的花鸟虫鱼和错落优雅的轩榭楼阁。

不必打样，随心所欲，却又繁而不乱。她也会躺在炕上闭着眼睛逗我说："姥姥死了啊，姥姥死了啊。"童言无忌的我总是语出惊人："姥姥你别死，你等我回家再死。"

周围的人听了，发出各种夸张的大笑声，相互挤眉弄眼，姥姥笑骂我没良心。但是中午舅妈送来三个香喷喷的肉包子，她依旧让我吃掉两个，晚饭时又让我把剩下的一个也吃掉。

夏日的夜晚，我躺在炕上滚来滚去睡不着，姥姥嘴上训我，却放下手中的蒲扇，开始跟我玩各种手影游戏。手为笔，影为墨，天地万物为素材，在皎洁的月光下，那些形象瞬间在土墙上栩栩如生。

年幼时，我总是会莫名其妙地生病。模糊的印象里，我半夜咳嗽不止，姥姥就按照乡下方法，用粗糙的手指一下下地揪我的喉咙，说是把火气揪出来，我的脖子很快就被揪得青一块紫一块。

三

我上小学后，姥姥突然病倒了，生活不能自理，不小心就会从炕上栽下来，摔得头破血流。于是从没出过远门的姥姥，便由儿女们轮流照顾。

可姥姥总是神志不清，天天说糊涂话，夜夜哭天喊地，怎么劝也不安静，不仅吵得家人无法入睡，连四邻都不得安宁，平静的家庭生活便落入了无底洞般的聒噪与争吵。

每当这时，妈妈眼里都会有一种很难过的东西在蔓延，敏感的我因此常常趴在被窝里抑郁地哭，不明白为何曾经那个温柔慈祥的姥姥，变得这般不可理喻，令人生厌。

更严重的是，姥姥总想上厕所，好不容易把她扶下炕，她却不知道自己要干什么，于是我们又费力地把她扶回炕边。姥姥刚要转身爬上炕，却又把腿放了下来，说想上厕所。

如此这般，常常一折腾就是一整天，倘若妈妈外出忙活，便累坏了我和哥哥。我们那时还算听话，于是兄妹俩每天就耐着性子被生病的姥姥折腾着。

四

终于有一天，我俩受不了了，在姥姥又来来回回折腾着要上厕所时，累瘫的我俩一合计，把姥姥关在了门外。

那时天空正飘着小雨，任凭姥姥在外面一边扯着嗓子喊"开门啊"，一边把门拍得咣当响，我俩就是无动于衷，还蹲在门后偷偷地笑，庆幸着自己的小聪明。

小孩子欺负老人糊涂说不清话，甚至把这招用了很多次。姥姥也有安静的时候，每次妈妈给她喂饭，她都像个孩子般系着围嘴乖巧地坐在桌边等待。

有一天晚上，姥姥在我们家突然病情加重，连夜被舅舅开车拉走。盛给姥姥的饭，姥姥一口也没来得及吃。那天我第一次看见妈妈六神无主的样子，也是那天姥姥走了。

妈妈一直在老家处理后事，爸爸不会做饭，我们兄妹俩常常饿得前胸贴后背。大约一个星期后我放学回家，发现妈妈终于回来了，等我跑到院子里，却听到妈妈哭着对前来看望的邻居说，她再也看不到姥姥了。

看到妈妈悲恸的模样，小小的我放下书包，默默蹲在地上收拾一片狼藉的家。听爸爸说，姥姥走前没能吃下的那碗面片汤饭，妈妈后来舍不得倒掉，在姥姥走后第二天回家取东西时，和着泪一口一口吃了下去。

五

妈妈后来常跟渐渐长大的我们说起姥姥。说她老人家喜欢看戏，每次都看得很投入，甚至因为戏里好人受委屈坏人得逞，而一气之下病倒。

亲朋好友来看望姥姥，姥姥就向人哭诉，还不时地喊："气死我了！真是气死我了！"大家了解了前因后果，都乐不可支。别人只是演了一出戏，走不出来的却是姥姥自己。

她甚至走进了别人的家长里短，那时周围邻居但凡有吵架拌嘴，她都要路见不平地去讲道理，直到讲得双方心服口服。用句时髦的话讲，就是三观绝对不会跟着五官跑，但没承想，到最后她却把自己的余生困在了一场病痛里。

姥姥健康时的点点滴滴，回忆起来像是陈旧的老电影，零星细碎，斑驳不清，总是仓促地一闪而过。我对姥姥的记忆，更多是她生病后家里的鸡飞狗跳，但我和笑出眼泪的妈妈一样，依然记得她慈祥的模样。

哪怕如今那仅有的模糊记忆已经翻拣得只剩下陈渣，哪怕她已离去这么多年，哪怕在这漫长的岁月里她都不在我身边，我也依然爱她。

六

后来的日子里，我读到了据说是明代大儒陈白沙先生写的《记得旧时好》：

记得儿时好，跟随阿娘去吃茶。门前磨螺壳，巷口弄泥沙。而今人长大，心事乱如麻。

也常常梦到自己在姥姥家门前的那条河里玩耍，在低矮的围墙上爬上跳下，在长长的胡同里穿梭奔跑。甚至有一次，我梦到姥姥一大家子人都在，小辈们扶着姥姥，姥姥笑盈盈地看着我。一觉惊醒，发现泪水把枕巾浸湿了一大片。我还没来得及告诉她，我现在已经有担当，可以好好伺候她，不会像小时候那般任性了，但是她却已经不给我这个机会了。

时光流逝，很多人都已故去。去年我回老家，车子走的是姥姥家门前那条路。我惊诧地发现，记忆中要跑很多步才能穿过的宽马路，怎么如此狭仄；姥姥家高大迂回可以捉迷藏的房屋院落，怎么如此低矮；孩提时玩耍的碧波荡漾的河，原来只是窄窄的一条沟，如今也早已干涸。一切都和记忆里的不一样了。

其实，岁月里唯一不变的东西，是万物一直都在改变，只是年少的我们总是忙于奔跑。当我们从童年嬉戏的长胡同马不停蹄地跑进未来，那些身后默默疼爱我们的人，渐渐跟不上我们的脚步，参与不到我们往后的人生，便朝我们摆摆手，转身消失在时光荏苒里，再也找不到了。

花花婆婆，我终于读懂了你的深爱

🖋 水蓝衫

一

小时候，我就觉得你不像我的婆婆。

那时，你的口袋里装满专门用来对付我的零食。当我看到别的小朋友在爸爸妈妈簇拥下笑容甜美幸福，羡慕不已的我会问你："我爸妈呢？"这时，你会很麻利地摸出一块糖，塞进我嘴巴，用蹩脚的谎言哄我："出国了，这不，糖果还是他们给你买的呢！"

可是你不想想，我会永远长不大吗？在幼儿园，大家都躲着我，好像躲着一只丑陋的蛹，我还听到他们窃窃私语："她爸妈根本不在国外，骗人！""她婆婆是个染丝线的孤寡老婆子……"

回到家，我哭得上气不接下气。你跌跌撞撞地将我搂在怀里，像做错事的孩子。那天你告诉我，我的爸妈在我出生后不久便因车祸双双去世，你怕我接受不了，便编了谎话。

二

你的脸紧紧贴着我的小脸，想要把我的泪暖干。我听见你轻声说："美美不怕，还有婆婆我呢！"

可是，你像婆婆吗？我想看爸妈的照片，你说丢了；我说去爸妈"睡觉"的地方，你说太远了；我说该死的肇事司机叫什么，你说忘记了……

我狠狠地打你，你也不生气，还给我买了很多玩具回来：抱抱熊、虫虫车、芭比娃娃……那个童话里粉红色的小床，也让你搬了回来。

可是我无法原谅你，我悲愤得像块小石头。谁让你把爸妈的照片弄丢了，丢三落四的，就像漫画书中那个粗心大意的"花花蝴蝶"。

我故意大声喊你："花花婆婆！"

三

腿伤的后遗症让你一瘸一拐的，还干着受人嘲讽的工作，但你整日乐呵呵的，时不时还来上一段京剧《智取威虎山》的唱词："这一带也就同咱家乡一样，美好的日子万年长。"收工后，你会换上整洁的外套，衣服上花花草草开得很热闹。

你逢人便说，我花花婆婆有三宝：京剧、染房的大锅，还有——美丽的美美。

是吗？我是美丽的吗？上初中后，从课本上知道，我嘴唇的那条缝，是一出生就有的，我这样的嘴唇叫"兔唇"。说话时我吐字不清，喝水时经常会洒在衣领上，笑的时候会露出滑稽的牙床，同学们都躲着我，甚至有一天，一个顽劣的男生指着我说："把这个被爸妈扔掉的丑八怪轰出教室。"

你知道了，"噌"地跳下工作台，顾不得换衣服，找到男生的家，你不知你当时的样子好吓人啊，染线的颜料水红红绿绿溅在你脸上身上，五颜六色的，像真的"花花婆婆"。一顿声色俱厉的质问，把人家吓得半死。

然而，知道真相的我一脸冷漠地看着你。

81

四

没错，我是个弃婴，但我不需要任何人的怜悯。我偷了你柜子里所有的钞票，一张没剩。

我将头发染成金黄色，穿着潮服，跑去了汽车站，也不知道去哪里，随便吧，买了一张票我就上车了。

原来外面的城市一样的冷，风也那样的大，就连别人看我的眼光，也是一样的嘲弄。我躲进了电影院里，那种设有自助放映的单间，设备一应俱全，我无所事事，按照菜单一个一个往下看，凡是有父母与孩子亲昵镜头的，一律快进或跳过。

天冷得厉害，我还是想起了你：那次放学下大雪，你颤颤巍巍给我送来了盼望已久的羊绒衫；那张粉色小床，是你拿着童话画册找到木匠师傅，人家嘲笑了一番才给做的……

五

我鼻子有些酸，忍不住跑了出去，外面阳光亮晃晃的。我拨通老师的电话，老师急切地说："美美别闹了，你婆婆疯了一样四处找你，满大街都被她贴满了寻人启事，为此还与城管发生了摩擦，腿伤又加重了。你知道吗，她的腿，是你小时候她在冰天雪地里抱着你去看病摔伤的。"

天！花花婆婆，你还有多少秘密在瞒着我？

我一路哭着跑回了家。一进门，我就看见那张粉色的公主小床刺目突兀地放在那里，枕头放得规规整整，碎花棉被叠得整整齐齐……

"你的腿疼吗？"你紧紧搂着我笑了，眼角泪光烁烁，我替你擦，可泪水都藏进沟壑般的皱纹里，怎么也擦不干……

六

十六岁生日那天，你神秘兮兮地说，要送我件礼物。你总这样，总有那么多的秘密。

你说，你要让我变成公主！这怎么可能啊，婆婆，我的嘴是兔唇，那么丑。

你笑了起来，笑得岔了气。你拿出两张车票，并告诉了我一个震惊的消息：去省城整形医院，为我修复兔唇。我不敢相信自己的耳朵。

原来这么多年，你没日没夜地工作，没添过新衣，也听不到你学唱新的京剧，你把所有的精力都用在攒足我昂贵的手术费上。手术进行得很顺利。纱布除去了，护士阿姨递给我一面镜子。镜中的那个女孩是我吗？还是那个人人躲避不及的美美吗？她的嘴唇红嘟嘟的、翘翘的、水润润的。我用手轻轻抚摩，真是我！——我再也不是那个丑陋的蛹了！

七

我从手术室出来，看到你坐在椅子上睡着了，轻轻地打着鼾，嘴角有浅浅的笑。我突然想起小时候，你就是这个样子守在我身旁。那时我总缠着你问些奇奇怪怪的问题，你一脸微笑，暖如醺风。

"婆婆，我怎么有和小兔子一样的嘴唇？"

"哦，你本来就是月亮上的小白兔，有一天，你想婆婆了，所以就来到了人间。"

"那么婆婆，你为什么走起路来一晃一晃的？"

"哦，那是我在跳兔子舞……"

我静静地坐在你的身旁，泪水汹涌成河。花花婆婆，我终于读懂了你的深爱。你不仅仅用单调的染料，浸染出了五光十色的丝线，你更有一颗温暖柔软的心，你为一只忧伤的兔子跳着绚烂夺目的舞蹈，编织着七彩斑斓的人生，并陪着她走过春夏秋冬里的那些泪、那些伤，那些悠悠岁月里的青涩年华。

你知道吗？其实我也是有秘密的。我偷偷在隔壁王阿姨那里学会了织壁毯，我还织了一个卖了几百块钱呢！回去了，我要给你买开满花朵的外套，还有你最喜欢的京剧碟片，要不，你只会那几句，我都听腻了……

嗯，就这样！

药那么苦，爱那么甜

蝶舞沧海

一

初见他时，5岁的她吓得一下子躲到了爸爸身后。爸爸拉着她的小手说："这是爷爷，今后可要听爷爷的话啊！"

他胡子拉碴，样子凶巴巴的。而且他刚见她就骂道："没出息的小东西，躲什么躲，给我大大方方站出来！"

从那一刻起，她对这个和她一样姓陆的老头产生了厌恶。爸妈离婚了，爸爸把她送到了乡下，她将和这个老陆头一起生活下去。

爸爸要走时，她哭着抱住爸爸的腿，可爸爸还是走了。她坐在地上号啕大哭，他却自顾自忙他的，对她不闻不问。

吃晚饭的时候，他把一碗饭放在她面前，她赌气扭过头不吃。他一句话也不说，毫不犹豫就把饭收了起来。半夜里她肚子"咕咕"叫，她小声地说："我饿了。"他翻了个身，不理她继续睡。她又带着哭腔大声地说："我饿了！"他"腾"地坐了起来向她吼道："吃饭的时候你干吗去了？饿着吧！"吼完重新躺下，马上就发出了鼾声。

她饿得再也睡不着，她从来不知道饿肚子有这么难受。她咬着手指头熬到天亮，等他做了早饭，狼吞虎咽吃了一大碗饭。

从那以后她再也不敢肆意哭闹，也不敢挑食了。遇上这样狠心的老头，她要是不乖一点，不是自找罪受吗？

二

她漂亮得像个洋娃娃，人见人爱，可就是不爱说话，大人们都夸她文静。

但他不依，他说，我们陆家没有哑巴，多说几句话不会掉块肉！

他规定，每天她要和他至少说20句话，并且不能重复。哪有那么多话可说啊！于是她每天都绞尽脑汁地想啊想，到最后只有见什么说什么了。但他还是苛求于她，比如她说，天上的云好白。他就会拿大烟袋敲着桌子喊："说清楚！它白，有多白？白得像什么？"她看到了他晒在门口的棉花，接着说，天上的云好白，像棉花一样。他这才"嗯"了一声，让她继续下一句。

慢慢地，她可以轻松应付他了。她以为终于可以歇一歇，可他又有了新规定：让她去村里串门，主动和那些陌生的大人小孩说话。

她不依。他二话不说，一巴掌就要甩过来，幸亏她躲闪得及时。她哭哭啼啼地屈服了。

起初她只是硬着头皮完成任务，后来她开始喜欢上这样的交流方式。她不再害怕陌生人，最起码陌生人都对她和颜悦色，有时还会给她好吃的，不像他对她那么狠心。她慢慢忘了爸爸妈妈不在身边的伤痛，渐渐快乐起来。

三

她上小学了。

让她开心的是，刚上学她就被老师任命为班长。她觉得自己真了不起，这样了不起的人，绝不能让别的同学看不起。因此上课时她总是举手发言最积极的那一个，作业也做得一丝不苟。

他却从不表扬她。她考了100分时，他总是不屑一顾的样子，说："得意什么呢，这卷子太简单了，要是我出的题你能全做对就算你是真行！"说完他变戏法似的拿出一个本子，在她眼前晃着。

她好胜又倔强，哪里受得了他这种气？不由分说，她夺过本子就开始仔细解答，那些题总是比学校里的题目难一点点，属于少动一点脑筋就会错，多动一点脑筋就会对的那种。为了不被他小看，每一道题她都不敢掉以轻心，做完后她不忘仔细检查一遍。在她全部答对后，他耷拉着头，一脸沮丧地说："好吧，这次算我输了！"

这样的时候，她开心得恨不得跳起来，心里有种扬眉吐气的感觉。她一直在他的管制和压迫下生活，总算有反击他、挫败他的机会。她在心里发誓，一定要多争取这样的机会，气气这个老头最好。

四

她像小树苗一样长高长大了，考进了全市最好的一所中学，并离开他开始住校了。她就像一只关在笼子里多年的小鸟，终于可以逃出牢笼，翱翔在蓝天上。

她的学习成绩一直很优秀，她也一直是班长。初三的时候，她参加了全国中学生作文大赛，并一举夺魁，一时间她成了学校里的小名人，市里的晚报也准备采访她和她的家人。老师把这些情况告诉她，她雀跃之后又黯然了。她红着眼圈说："没有谁帮助辅导我，我一直是靠自己的努力……"

然后，她把父母的离异以及那个狠心老陆头的事，一五一十说给老师听。她说得很气愤，也很伤心，她说她简直怀疑自己不是他的亲孙女。

老师听完后，却叹气摇头。老师说："你这个傻孩子呀，如果没有他，今天的你能这样优秀出众吗？你看你长得多高多健康，连感冒都少有，这是因为他纠正了你挑食的毛病呀。你与人交往，举止落落大方，有很好的交际能力，是因为他逼你去和陌生人交流，改变了你内向的性格呀。你知道小学一年级的老师是怎么选班长的吗？老师一般会选活泼大方，语言表达能力强的。你说他总是打击你，拿题考你，这不正好帮你养成认真学习、善于思考的习惯吗？还有，你这次的作文大赛能拿奖，难道就与你爷爷给你规定的每天说20句话没有关系吗？"

她听着听着，心里一堵矗立了多年的墙，轰然倒塌。她突然想到了一个很好的比喻：良药苦口。而这个老陆头，就是她的一剂良药啊，她一直只觉得苦，却忘了他给她医治了许多成长路上的性格疾患，让她拥有了充满希望的今天和明天。

她觉得自己就在这一瞬间长大了，懂得了多年来爷爷对她深沉而别出心裁的爱。她的鼻子发酸，她再也无法抑制心中的激动与感恩，她要回家，她要去见那个老陆头。她要对他再说20句话，而这20句全都是：亲爱的爷爷，我爱你！

男子汉，给别人钱花

耶雅亿

一

周润搬新家了！老宅拆迁让这个工薪家庭得到了一大笔钱，加上父母、爷爷奶奶多年攒下的积蓄，周润一家拥有了高档小区里一套带车库的复式洋房。

入住之后，周润发现邻居家的孩子们都穿戴名牌，每天车接车送。妈妈告诉周润："邻居们不是'金领'就是'海归'，所以你一定要更努力地学习！"

周润知道，自家亲人平均文化程度不到高中，爷爷是一个修车匠，奶奶是一个老裁缝。想起来，周润有些自惭形秽。这时候，爷爷却做起了让周润觉得更丢脸的事——在自家车库前摆起了自行车修理摊。

修理自行车和电动车，是爷爷的老本行。他已在老宅的院子里摆摊十几年了，街坊邻里都知道周老头修车既便宜又牢靠，隔着几条弄堂都会把车子推来给他修。但是，在这个高档小区，家家都有私家车，爷爷摆出这么一个脏兮兮的破摊子，岂不是自讨没趣吗？

"你们家门口怎么那么脏啊？"邻居孩子好奇地问。还有人对周润说："你爷爷的围裙多久没洗了啊？上面都是黑乎乎的机油！"周润感到无地自容。

二

周润的父母也反对爷爷修自行车。大家和爷爷沟通了好多次，他的态度依旧强硬："不管有没有人来修，摊子非摆不可。如果你们嫌脏，我就天天打扫；如果你们嫌我的围裙丢脸，我就穿西装打领带出摊。"

爷爷说到做到，他买了新围裙和袖套。他又把周润爸爸淘汰的西服、衬衫和领带翻了出来，洗熨妥当穿上。还把每一样工具擦得锃亮，把车库的地面拖得一尘不染。有人来修车，他就脱下西服、摘下领带，把衣服折起来，戴上干净的围裙和袖套……修完之后他会用好几块抹布来擦拭车轴，一点机油的痕迹都不留下。

"爷爷，你为什么这么做？"周润好奇地问。

爷爷说："我就是要证明——不论到了哪个时代，不论住在哪种小区，咱们劳动人民最光荣！"在这个人人都有私家车的小区，爷爷的修车对象大多是小孩子的童车和青少年的自行车。

闲下来的时候，爷爷就用狗尾巴草编织小玩偶，挂在孩子们的车上。不知不觉中，很多小孩子喜欢上了爷爷。当孩子们顽皮的时候，爷爷总嘱咐他们玩完螺丝和工具之后要把它们放进工具盒，各从其类。爷爷甚至要求他们推车离开之前要把手洗干净。

三

渐渐地，周老头的修车摊就在小区里出名了。隔壁小区的孩子们也把坏的车子推来，忙的时候他们甚至需要"拿号排队"。但是爷爷对整洁和干净的要求一点都没有改变。

邻居们都说从没看到过这么漂亮的修车摊。夏天的时候，妈妈在上面搭起了丝瓜架，每个来修车的人都可以领到一份礼物——丝瓜，爷爷在修车摊四周还摆满了花盆。收音机里播放着单田芳的评书，车摊边上还放着几把躺椅，沏着一壶清茶，爷爷还会给无聊的老邻居预备好麻将桌……

几年下来，周润家车库前的空地，俨然成了小区老人打发时光的地方。周润越来越以自己的爷爷为荣，他也在小区里有了很多好朋友。

周润妈妈赞叹说："你爷爷的修车生意越来越好，收入比我们这上班族还要高！"

就连一直最反对爷爷修车的爸爸也改变了主意。他说："你爷爷摆修车摊是一种老有所乐的方式，是一件锦上添花的事情。"周润初中毕业的那个暑假，爷爷提出教他修车。周润的妈妈很反对："都什么年代了，还让孩子学这种东西，不被邻居笑话吗？"周润却不以为然，他是看爷爷修车长大的，动手能力很强。修车，他真觉得是一项有趣的劳动！

四

到高一的时候，周润的钢琴已经考过了8级。他的学业越发紧张，每天去琴行练琴已经没有时间，他需要一架自己的钢琴。

有一天，爷爷给他买了一架新钢琴，并且告诉他买这架钢琴的钱里有十分之一竟是周润自己劳动赚来的！爷爷给周润记了流水账，原来他将周润在暑假里的劳动都以小时来计费。

爷爷说："不要小看一点点小钱，真正的男子汉要赚钱、省钱，慷慨地给别人花钱。"奶奶悄悄告诉周润，他爷爷早就在给他攒钱，甚至还为他准备好了读大学的钱。

周润非常感动。原来，爷爷每天把胡须刮得干干净净，穿西装打领带，尽量优雅地修车就是要尽自己最大的努力减轻子女的负担。

五

爸爸告诉周润："我们小的时候曾和你爷爷一起挤火车回老家。站台上挤满了人，你爷爷会嘱咐你奶奶看好我们，然后像只猴子一样，从车窗翻进车厢，动作粗鄙。他像个斗士一样为家人抢好座位，然后忙着给大家泡面。也许是知道自己刚才的表现很不堪，于是他一边吃一边笑着说：'翻车窗实在是太好玩了。'"

妈妈感动地说："你爷爷一直都不愿意让我们觉得他修车赚钱丢人。当大家嫌弃他摆车摊的时候，他西装革履，把车摊装饰成花棚，把修车的活计演绎成艺术……"

从父母的话语中，周润感到一种朴实无华的责任感。他忽然明白：一个男子汉，就是应该自己吞下所有的苦，而给家人所有的甜。

爷爷将压力和艰难"转化"为幽默和潇洒，让家人觉得他永远胸有成竹。周润觉得爸爸也是这样一个人，自己长大了也一定要成为这样的人！看着爷爷双鬓的白发和微驼的背，周润感到：爷爷虽然老了，却依旧是令人尊敬的男子汉。

周润想：有一天，爷爷干不动了，需要我们来替他遮风挡雨。到那时，我也要成长为一个顶天立地的男人，然后像哄孩子一样对他说："爷爷别担心，有我在，我不但学会了修车，还知道一个男子汉就是要努力赚钱，然后给别人所有的甜。"

姐姐，你为何如此冷漠

✎　萍　萍

一

在我读初三时，姐姐以优异的成绩考到了北京的大学。姐姐是我的榜样和骄傲，我希望像她一样，考上北京的大学。我一直很努力地学习，她在给我的信中说："小弟，你要努力哟！姐姐在北京等你，到时候我们又可以在一起了。"

我没有辜负父母和姐姐的期望，经过四年的努力，最终考取了北京的大学。父母因为我，再一次风光无限。我憧憬着到北京后和姐姐相聚的快乐。四年了，因为学业紧张，也因为经济原因，姐姐一次也没有回家，寒暑假，她都是在北京打工。

家里收入不高，能寄给姐姐的钱很少，在我升上高中，姐姐读大二后，她基本上不用父母再寄钱过去。她在学习之余做家教，自己挣学费和生活费。偶尔也会寄些钱给我买学习资料。

我到北京读大学时，姐姐已经开始工作，但她似乎很忙。去之前，父母给姐姐打了电话，要她回来接我过去，但姐姐拒绝了，她说工作忙，才进单位没多久，不好请假。

二

第一次独自远行，我好奇、紧张，还有些害怕。一路上，我紧盯着自己的行李，不敢合一下眼，也不敢和陌生人说话。

一天一夜后，火车终于抵达北京。望着远处林立的高楼，我的心莫名地激动起来，我终于独自闯到北京了，可以见到姐姐了。有姐姐在，我会安心，她会把我的一切打点好，就像小时候一样，每次吃饭，她都会帮我把饭打好，端到我面前。

随着拥挤的人流来到出站口，我的心在久久寻找不到姐姐时慌乱起来。她是不是忘了接我？我该怎么办？我走过来、走过去，四处张望，焦虑不安，身上的包袱愈加沉重起来。我在心里埋怨姐姐，她怎么能忘呢？还好，我看见所在大学迎新生的彩旗在出站口不远处的广场上飘扬。我径直走了过去。

我一个人忙忙碌碌，报名、找宿舍，杂七杂八的事忙得我头晕。看着那些被家人包围的同学，我心里倏地滋生出一丝怨恨。一连几天，姐姐都没有来找我。

我打电话回家报平安时，才开口眼泪就不争气地流了出来。我说："我到了，一切都很好。"怕父母听出我声音的异样，匆匆挂了电话。一个人游荡在空旷的大学校园，我第一次感觉到孤单。有朋友问我在北京是否有亲戚，我摇头说没有。

那一刻，我真的不想说自己有姐姐。我不明白，她为什么这样待我，我可是她唯一的弟弟。

三

姐姐的电话号码我烂熟于心，有好几次我抓起电话想打给她，但想想，又颓然放下。

到了周末，宿舍里的同学，只要在北京有亲戚的都出去了；没有亲戚的也会相约着出去逛街。我哪儿也不想去，躺在床上生姐姐的气。

在信里，她说得那么好，原来都是骗人的。想着想着，委屈的泪水就浸满我的眼眶。

姐姐是一个月后才来找我的。

那天傍晚，她来时，我刚好跟同学出去了。回来时，她已经离开，留下了500元生活费，还有两套衣服。

"她真是你姐？在北京工作？你不是说在北京没亲戚吗？"舍友好奇地打听。

我没心情回答，收好钱，却把她买的衣服狠狠地扔到床上。我知道那钱是父母要她给我的，要不然，她是不会过来的。

躺在床上，我翻来覆去，满脑子都是小时候姐姐对我的好。她那么疼爱我，我不明白，为什么到北京读了四年大学后，她居然会变得如此冷漠？

四

年轻人的自尊心，脆弱却也骄傲。我在心里暗下决心，一定得靠自己混出个样子来，要不，还不得被她看扁？

我先在学校里找勤工俭学的机会，熟悉环境后又到学校外面的超市找工作。

刚开始，因为浓郁的乡音，我一开口说话就被人嘲笑，还时常受到排挤。但我忍着，不让自己流泪。姐姐都可以狠心对我，别人又怎么不可以？人前人后，我强颜欢笑。

那是一段艰辛的日子。我不敢落下一堂课，我清楚，这才是我来北京的主要任务。我所有打工的时间都在课外，在别人出去跳舞交友，谈恋爱打游戏的时间里。

渐渐地，我也习惯了这种紧张的生活。心里还是会痛的，因为姐姐对我这样冷漠、薄情。没有她的照顾，我用自己的双手为自己挣来了生活费，也一天天变得成熟和稳重起来，我为自己感到骄傲。

打电话回家时，我对父母说自己在北京一切安好，有姐姐照顾，让他们就放心吧！放下电话，我不会再流泪。

同宿舍的同学很不理解，常会问我："你读书、打工都那么拼命，你姐不是在北京工作吗？难道她没有再给你生活费？"

我笑笑，不想回答。

来北京快半年了，我和姐姐不曾见过面，我也没有打电话给她。她来找过我两次，但我都不在。其实是很想见见姐姐的，四年多的时间没见面了，我很想念她，却总是错过。

五

和姐姐见面是在元旦。姐姐买了两套冬装到学校找我。

我们真的变陌生了，我居然没认出她来。四年多的时间把姐姐身上的乡土气息完全抹掉了，但她看起来很疲惫，也没有太多话。很长时间里，我们都在沉默。

我转头看窗外飘零的落叶，心里的伤痛暗自潜流，我不明白，曾经相亲相爱的姐弟，怎会变得如此陌生？

我一直不吭声。姐姐看着我，轻声说："不要怪我，四年前，我也是这样过来的，就是现在，我也还是只能靠自己……"

　　我转过头瞟了她一眼，眼前这个陌生的女子真是我的姐姐吗？她眉心的那颗红痣，那么明显地张扬着，她怎么会不是我姐？我冷冷地问："姐，是不是城里人都这样冷漠？"姐姐静静地盯着我，好一阵后才从包里拿出一本书说："看看这本书，安宁那篇文章，有我想对你说的话。"

　　站在窗前，我远远地望着姐姐走远的身影，眼角湿润。

　　几天后，闲来无聊，我才翻开姐姐留下的书，看了安宁的文章《无法不对你残酷》。"没有残酷，便没有勇气，这是生活教会我的。而我，只是顺手转交给了刚刚成人的弟弟。"

　　如出一辙的做法，原来是姐姐的良苦用心。

解码青春期
心理健康课
趣味小测试
快乐聊天室

扫码获取

你不像以前那样对我好了

阿 杜

一

父亲离开我们那年，成绩优秀的哥哥毅然选择了辍学打工养家，无论母亲怎么劝，他都不听。

哥哥辍学后，到建筑工地当学徒。因为是新人，有资历的工人们常欺负他，总把又累又脏的活留给他干。哥哥不恼，还干得很认真。学徒的工资低，但他每天总是早出晚归，一天也不曾停歇过。

我明白哥哥没日没夜地干活是为了支撑起这个摇摇欲坠的家，他想尽快还清父亲生病时所欠下的钱。母亲身体羸弱，再加上父亲的病逝对她的打击，四十多岁的人，看起来特别憔悴。这个家，唯有依靠哥哥一个人支撑。

二

在户外高强度工作了一段时间后，哥哥就晒黑了，脸还被晒脱了皮，嘴唇起水泡。母亲很心疼，她又一次劝说哥哥回学校读书，只是她的劝慰那么无力。母亲心里也是明白的，家里欠着一大笔债，再要供两个孩子上学是不大可能了，但母亲又那么不甘心让自己的儿子到建筑工地受苦受累，说起一次就痛哭一次。

哥哥在工地上当上师傅后，收入也跟着提高了。他把大部分的工资都交给母亲，自己只留下少许的零用钱。握着哥哥已起老茧的手，母亲禁不住难过，她说："这手本来是握笔的，现在却成天握着砖刀。"

那时，我已经上初中。哥哥在工地挥汗如雨的辛劳我知晓，所以当学校为了演出要求我们舞蹈队的女生每人都要购置一件红色连衣裙时，我犯难了。我知道红色连衣裙是演出时要穿的，别的女生都让家长买了。唯有我，一直没勇气向母亲开口。

演出的日子一天天临近，我心里为红裙子发愁。我尝试向同学借衣服，但款式不同。我的闷闷不乐被哥哥看在眼中。有一天放学回家，哥哥居然将我心心念念的红裙子送给了我。我一脸欣喜地问："买给我的？""是呀，小妹要参加演出了，别人有的，你也得有。"哥哥说。

从他手中接过红裙子时，我注意到哥哥粗糙的手掌上伤痕累累，手指上贴着好几块创口贴，那一瞬间，仿佛有一支温柔的箭镞迅速射进我的心脏，让我隐隐作痛。后来母亲告诉我，哥哥从我一个女同学那里知道我要有红裙子才能参加学校演出的事后，他每天从工地下班也不休息，晚上又出去载客挣钱。听着母亲的话，我心里很难受。街上和哥哥年纪相仿的人，一个个都还在父母的庇护下生活，可他却已经要支撑起一个家。

三

上初三时，班上的男生都叫我"班花"，他们还给我写纸条。我从没理睬过。那时，哥哥已经拉着一帮人马自己承包工程了。他很忙，每天都有干不完的活。我们的日子，在哥哥的努力下已经越过越好。望着哥哥黝黑、瘦削的面颊，我心里无端感伤。如果当年没辍学，他现在大学都快毕业了。我知道哥哥心中一定有遗憾。记得那年他参加完一个同学的谢师宴回来后，在院子里坐了很久。我听到了他压抑的哭泣声，躺在床上还未入睡的我也止不住地流泪。

我很努力地读书，我知道唯有考上大学才是对哥哥最好的回报，或许只有我考上大学才能给他灰色的遗憾中添入些许温暖的亮色，让他觉得自己的付出值得。有一次，一个男生偷偷把纸条塞进我的书包，回家时，这纸条又恰巧被母亲发现。对这件事我全然不知，直到哥哥逼问我。他第一次冲我吼，两眼冒火，脸色通红。我哭着说："我真的什么都没做，你为什么不相信我？"

我哭得很伤心，哥哥怎么能不分青红皂白地责骂我？他让我说出那个男生的名字，而我根本不知道是谁写的纸条。见我不说对方名字，哥哥以为我护着那个男生，他气急败坏地给了我一记耳光："你不说，难道我就没办法去找吗？"

哥哥到学校找了我的老师说明情况，还对我班上的同学一一进行询问，不论男女，凶神恶煞的样子把班上的同学都吓坏了，特别是那些曾经给我写过纸条的男生，一个个吓得胆战心惊。我回学校后，班上的男生再也不敢和我说话了，就连女生看我的眼神也怪怪的。我很伤心，哥哥的行为让我在班里抬不起头来。

整整一个月，我没再和哥哥说话。吃饭时，他一开口，我就放下碗不吃了。哥哥轻叹一声，只好闭嘴。

四

原来晚自习，我都是和同学一起骑单车回家。

　　自从哥哥因为纸条的事闹到学校后，再没有同学和我结伴回家。临近中考的一个晚上，因为解一道难题花费了太多时间，等我走出教室时，校门前早就空荡荡的。

　　我把单车骑得飞快，穿过大街，拐进小巷时，因为光线暗淡，我莫名地紧张起来。越是害怕，越容易出事，我居然踩着单车朝对面驶来的车灯刺目的摩托车撞去。车上坐着两个小青年，他们嘴里叼着烟，安稳地坐在车上，我却是连人带车摔倒在地。

　　"小妹妹，有没有摔伤呀？要不要哥哥抱你起来？"一个小青年说。另一个光头男却一直在笑，边笑边说："好心疼哟，美女摔倒了……"他们说着话就跨下车走过来，围着我动手动脚。

　　我突然明白，他们是故意让我撞上的。恐慌瞬间包围着我，我颤声说："你们是谁？快走开！"

　　"美女摔倒，我们怎能袖手旁观呀！来，让哥哥抱你起来……"说着，光头男就伸手过来抱我。

　　我吓得尖叫，浑身抖得像筛糠似的。

　　"住手！"一声呵斥，两个小流氓愣了一下。原来是哥哥。看清是他时，我放声大叫："哥！"哥哥跑过来，挥起拳头就把光头男打趴在地，另一个小流氓刚想出拳时，却被哥哥先踢了一脚。"你们想干吗？滚！"哥哥厉声呵斥，"我警告你们，再敢欺负我妹妹，看我怎么收拾你们！"那两个家伙赶紧骑上摩托车，一溜烟跑了。

　　我坐在地上，委屈地哭着。哥哥伸手来拉我，我也不起来，哭着说："都是因为你，同学都不理我了，就连哥哥你也不像以前那样对我好了……"

　　哥哥叹了口气，说："小妹，起来吧！哥哥只是担心你。对不起，哥哥的方式不对。好了，不哭了，哥哥向你道歉。"

我抓着哥哥宽厚温暖的手站起来说："哥，请相信我，为了你我一定会考上大学的。"

如水的夜色里，看着哥哥欣慰的笑脸，我也破涕为笑。

后来才知道，那天晚上哥哥能及时出现，是因为他见我很晚还没回家，就沿路找来了。后来，每天下了晚自习，哥哥都会到学校接我，直到我上高中后住校。

对我来说那是一段快乐无忧的日子，坐在哥哥的单车后座上，我的心装进了满满的幸福。我喜欢把头靠在哥哥的背上，那脊背温暖而厚实，像一座山，足够替我抵挡风雨严寒。

叫一声"妹妹"，我泪流满面

✐ 一杯月光

一

聂晴是我妹妹，可十多年来，我从没叫过她一声"妹妹"。

九岁那年的冬天，母亲把我领到一个陌生男人面前，说："陈远，这是你爸爸，从今以后咱们就是一家人了。"那个男人脸色阴沉地等着我开口叫他，我却抿着嘴，一声不吭。这时一个面容清秀的女孩，从门后跑出来甜甜地冲母亲叫了声"妈妈"。这个精灵的女孩就是聂晴，比我小两岁。

继父性格暴戾，我则天生倔强，在家里我俩就像两座随时可能爆发的火山。聂晴却很懂事，妈妈很喜欢她，一有好吃的好玩的总先往她手里塞，仿佛聂晴才是她的亲骨肉似的。那时候，我恨透了这嘴甜的小妮子。

后来，我和聂晴都读了中学。一天放学，我与几个同学发生口角，他们一哄而上，拳头雨点般落在我身上。这时，走在后面的聂晴丢下书包，迅速跑上来紧紧抱住施暴者的腿，哭着哀求道："别打我哥哥，别打我哥哥……"但打红了眼的他们哪肯善罢甘休，飞起一脚恶狠狠地把聂晴踹到一边。聂晴的头重重撞到地上，额角立即有鲜血流了出来……

回到家里，继父望着聂晴满脸血污，一脸怒气。弄清缘由以后，他一把揪起我的耳朵吼道："你这兔崽子，整天给我惹是生非！你为什么不保护好你妹妹？！"

我知道，聂晴是为了我才受伤的，我从心底感激她，但此刻听到继父这一声呵斥，我的心突然间冷硬如铁，那股犟劲也上来了，吼道："谁是我妹妹？我姓陈，她姓聂，我的事不要她管！"

继父被我这句话呛得脸色铁青，性格暴躁的他旋即化成一股龙卷风向我袭来……

二

也许我注定是个命苦的孩子，在我读高二那年，一个风雨交加的夜晚，继父来了酒瘾，非要母亲出去给他买酒不可。已是晚上九点多了，又下着大雨，母亲慑于他的粗暴脾气只得快快地去了，没想到，就再也没有回来，母亲因天黑路滑跌进了路旁的一口深井里……

世上唯一的亲人去了，我便将母亲的死统统归罪于那个叫"父亲"的男人身上。仇恨的火焰开始在心底燃烧。我决定离开这个家，再也不回来。

一年以后我考入省城的一所学校继续读书。起初那个叫"父亲"的人还按时给我寄钱，可半年之后寄钱就很不及时了，我常是一顿饭一个馒头、一碗稀饭地艰苦支撑，当时还面临着辍学的危险。在我已经山穷水尽的时候，我终于盼来了又一笔汇款。汇款附言上只有简单的几个字：安心读书，父字。

他心里还装着我这个养子？我冷笑了几声，因为一看到他的名字我便会想起早逝的母亲，便会心如刀绞。但我还是心安理得地把这微薄的钱取出来了，虽然我恨他，但毕竟我的学业需要他来维系，再说他本来就欠我的，还也还不清！

此后，钱总是在我捉襟见肘的时候汇来，汇款附言上是一成不变的那几个字：安心读书，父字。我总是迫不及待地将钱取出，心情好时，还会邀上三五个同学到馆子打打牙祭。我心安理得甚至是用一种报复的心态接受并享用着继父的这一笔笔汇款，但我从不给他写信，即使是在放假，我宁愿在外打工度日也不愿回家。

对我而言，没了母亲，这个家已经名存实亡，我的心底只有憎恨，没有感激。

三

转眼我已毕业，在武汉找了一份工作，人生可谓苦尽甘来。但那个大老粗父亲显然不知道我已毕业，依然隔三岔五地汇钱给我，依然是那几个字：安心读书，父字。

一天早上，我突然接到一个莫名其妙的电话。电话是一位素不相识的医生打来的，起初我以为对方打错了电话，但他肯定地说就是找我陈远的，更确切地说，电话是聂晴要医生打的——聂晴的左臂在昨晚上夜班时被机器轧了，她现在是他的病人，他费了好大周折才从学校查到我的联系方式。

聂晴怎么会在武汉？这到底是怎么回事？我火速赶往医院，病床上躺着的果然是聂晴！她刚刚做完手术，胳膊被厚厚的纱布裹缠着。见我进来，泪水突然从她的脸颊滚落下来："哥——"

"你怎么会在武汉？"我一头雾水地问。

"哥，我一直在武汉打工。"聂晴惨淡地笑了笑，神色忧戚地说，"你离家半年后，爸爸在采石场砸断了腿，家里就完全断了经济来源。我考虑到爸爸治病需要钱，你读书也需要钱，就辍学来这里打工……"

我的嘴巴张得大大的："这么说，一直给我汇钱的是你，不是他？"

聂晴点了点头："哥，到武汉后，我也曾到学校找过你，但我最终还是没敢打扰你。我知道你那么倔强是不会轻易接受我的帮助的，便在每次回家看父亲时候，顺便给你汇钱，姓名和地址也写成了父亲的。"

我的心倏地疼痛起来。原来聂晴就生活在我身边，为了我，三年来她一直在一家鞋厂夜以继日地打工挣钱。整整三年，我只顾带着报复的快感花钱，竟从未想到给我汇款的不是继父，而是羸弱的聂晴！

"妹妹！"喊出这两个字后，我已哽咽难言。十多年来，妹妹一直生活在我的身边，但"妹妹"这个词对我而言是那样陌生。我第一次觉得聂晴很可怜，是我需要用一生去呵护的妹妹。

四

窗外下雨了，我的脑海中突然浮现出第一次与妹妹见面的那个傍晚，那次打架时妹妹不顾一切的哭号，以及若干次我与继父爆发战争时她和母亲那伤心无助的哭泣……

在经历过这么多的变故后，我突然明白，能够消除伤痕和痛苦的，唯有时间，而时间无法冲淡的却是亲情。继父、妹妹和我之间，尽管没有血缘关系，但人海茫茫，能够作为一家人生活在一起便是上天赐予的最大的造化，我有什么理由不去好好珍惜？

一个月后，我和聂晴一起回到了阔别已久的家。我要照顾父亲和妹妹，用孝爱之心弥补这么多年来我对他们的忤逆和伤害。

我想，幸福与温暖源自彼此的宽容和关爱，而眷眷亲情便是在爱的滋养下日渐深厚的。

你等我长大，我接你回家

玻璃沐沐

一

外婆说，我是她带大的那么多孩子里她最喜欢的一个。

外婆一生有四个子女，有三个长大后都去了异乡，留在身边的只剩一个最小的女儿，后来最小的女儿长大了，也想出去看看。

子女们就商量接外婆到城里住楼房，外婆不愿意。家人就劝："不爬楼的，有电梯。"外婆说："不行，不接地气，住得人没精神。"家人还劝："阳台上还可以养花，日头好得很。"

外婆说："能种菜吗？黄瓜、西红柿、蒜苗，能种活一样我就去。"用外婆的话说，你们是见过世面的人，我一个老婆子，就想跟黄土待在一起，哪儿也不想去。

是啊，见过世面的人，除了逢年过节，几乎很少愿意再回老家，家乡有什么好，即使有些闲野意趣，到底封闭落后。

家人争执不下，又放不下心，我在大人堆里挤着，钻到外婆身后去。我说："外婆，跟我们走吧，我会带你逛公园，带你坐飞机，我会像你照顾我一样照顾你的。"外婆看了我一会儿，终于点点头说："好。"

二

小时候，我也是这样，在人群里钻来钻去，猴子一样，外婆一把把我拉出来，给我两块蜜三刀吃。那是一种外酥里软的面点，小方块，中间有流动的蜜糖，一块下肚，从胃里到心里生出一种满足感。

这里的一切陌生又熟悉。我记忆里的外婆，并不是这样垂垂老矣的样子。

小时候，我一直是跟着外婆睡觉的。外婆说她带过那么多孩子，我是最磨人的一个，一个不高兴就扯着嗓子哭，看着总像随时要背过气去。

我妈白天还要上班，没法了，把我交给乡下的外婆。也奇怪，外婆胖胖的，胳膊上的肉软塌塌的，一抱着她的胳膊，我就哭得小了点声，再被晃两下，眼皮才终于落下。

我养成了要抱着外婆胳膊睡的习惯，可是苦了她，只要到时间，外婆不管是在掰玉米还是在剥花生，都得放下手里的事来陪我，就算我睡着了她把胳膊抽走，我中间醒了又要去寻她。一直保持一个姿势是很难受的，外婆难受了的时候就拍打我两下，但下次依然把胳膊伸给我。

三

外婆的床靠墙，屋子老旧了，墙皮发灰了，还有雨水渗漏的黄色痕迹，我就总喜欢在上面画画，那些黄色的线条是黄河，画上山脉，画上长城，有时候还抠翘起的墙皮玩，外婆看见了，也舍不得打我。

我长大了一些，夜里偶尔会做噩梦，翻来滚去，"扑通"一声掉下床来，自己把自己摔蒙了，好长一段时间，如坠云雾里，不知道自己身在何处。外婆一下子把我捞上去，像捞一条小鱼，在外婆轻声的抚慰里，我才后知后觉地"哇"的一声哭出来。

后来我又长大了一些，离开了外婆，回到了妈妈身边上学，只有过年才回老家看外婆。

我最喜欢老家的院子，因为屋子多，正屋里有个煤火炉，进入冬天后一大要事就是给煤火炉支上长长的烟囱，以防室内的人使用煤火炉时煤气中毒。

那个烟囱是我的童年阴影，因为我总是忍不住碰它，大多数时候它是温温的，只是冷不防也会被烫一下。但那个煤火炉的好处可多了，在外婆神奇的操作下，烤地瓜、烤玉米、烤橘子、烤甘蔗，什么都能放在上面烤一烤。

尤其是橘子，冬天冰冰凉的蜜橘，烤热之后，外皮干了，橘皮里特有的芳香气味散发在空气里，橘子瓣热乎乎的，挖个小洞，就可以一瓣一瓣地掏出来，高兴了，还可以找截树枝做个小橘灯。

四

院子的侧屋里也有好东西，其中一个侧屋里放着一个大缸。北方过年初一到初五不蒸馒头，所以大缸里面一层层放着为过年提前做好的馒头。

当然不仅限于馒头，我最爱的枣花馍、糖花卷和红豆包才是重头戏。尤其是红豆包，每一个上面都有一个红点，里面是红豆熬制的馅，不甜不腻，纯手工制作，以至于我的手总是频频伸向大缸，偷吃了一个又一个。

院子还有地窖，我过年回老家的时候，外婆第一件事就是下到地窖里，扒开草堆，找出几个柿子来给我吃。

外婆家有柿子树，秋天树上最后的几枚果子，被小心珍藏到冬天，也依旧清甜，现在想起，是唯有我才能享受的珍馐。

后来，我又去外婆家过暑假，夏天的晚上，院子里凉快极了，我就和外婆家的哥哥疯跑疯玩，网兜抓萤火虫，树下挖洞抓知了，河沟里捞蝌蚪。

五

草丛里往往还能有意外发现，有时候能发现团成一团的小刺猬，有时候能发现鸟窝里掉下来的鸟蛋，有时候还能发现可能是受伤了的小蝙蝠。

小时候也淘气，怕小蝙蝠飞跑了，我就用绳子拴住它的脚，展开它的翅膀也没发现哪里有问题，最后还是解了绳子把它放回草丛里，隔了一会儿再去看，就不见了，也不知道是不是被猫叼了去。外婆还老吓唬我，说别老往草窟窿里钻，让蛇咬一口可不得了。可能我运气好吧，一次也没被蛇咬到过。

下雨的晚上，不能出去玩，就求着外婆给我穿耳洞，那时候到了爱美的年纪，我妈可没空理会我这些小心思。

外婆就拿绿豆在我的耳垂上揉啊揉，碾啊碾的，又热又痒，这样过了大概一周，耳垂就磨得薄了，外婆拿针烧热了，猛地穿了一个洞，我疼得泪眼模糊，可想到能变美，硬生生忍住了眼泪。两天后红肿消了，外婆拿茶叶梗穿在耳洞上，所幸耳朵没有发炎。

我妈来接我时，看见我的耳朵上挂着两颗莹白的珍珠，惊讶极了，外婆呵呵笑，我得意得说不出话来。

六

有一年，我妈突然不带我去了，原来外婆一次洗澡时滑倒了，扭伤了腰，只能躺着静养。

我妈独自回外婆家，我在沙发上东倒西歪，西瓜也不好吃了，风扇也不凉了，电视剧也不好看了，满脑子想着外婆会不会想吃蜜三刀，会不会想吃甜柿饼，要是我妈不知道怎么办。

于是我脑子一热，给我爸留了字条，说我要去外婆家，然后自己出家门走过两个路口，站在路边招招手，就在半路上登上了回外婆家的小巴车。我爸发现我不见了时，大家都急疯了。

三个小时后，我到达外婆家所在城市的汽车站，还要再转汽车去县城，不知道怎么走了，就在汽车站淡定地坐着，还在研究路线的时候，一抬头看见了我妈。

我妈是一副要抽我的表情，可是又舍不得，怒气引而不发，只抱了抱我，哭笑不得。我见到了外婆，外婆更老了一些，满头银发。我往小院里端了一盆水，看妈妈给外婆染发。

我给外婆戴了一朵花，给她照镜子，听见外婆说："我年轻的时候啊，也是和你一样水灵。"我还看见小姨家的小孩子，和我小时候一样淘气，在我当年画黄河的墙上，画了一只小猪佩奇……

我还记得那时对外婆说过的话，我说："外婆，你等我长大，我接你回家。"

下篇

温暖的校园

谢谢你，让我的青春不寂寞

流水冷然

一

父母下岗后到市场摆摊卖菜，有空时，我会硬着头皮去市场替换一下父母，让他们歇一会儿。虽然我觉得有点难为情，但好在这里都没有人认识我。

没想到，暑假的一天傍晚，我正和妈妈一起卖菜时，会遇见同学吴昕。她是我在班上最强劲的竞争对手，成绩与我不相上下。虽说同窗两年了，但没讲过几句话，青春狂妄的年纪里，我们就像两只骄傲的孔雀，谁也不服谁，都有自己的小圈子。

没想到，我在市场卖菜的秘密居然被她发现了。真是怕什么来什么，看见她时，我想躲已来不及了。她看到我，愣住了，眼睛睁得老大，嘴张得足以塞进一个肉包子。好半天后，她才惊讶地挤出一句话："你在这儿卖菜？"我的脸瞬间涨得通红，气急败坏地说："关你什么事？"

摊子前挤了几个买菜的大妈，她们挑挑拣拣，讨价还价。我心慌意乱，再没有往日里的利索，低低瞥了吴昕一眼，在她脸上仿佛看到了两个字：奚落。

二

她果真把我在市场卖菜的事告诉了其他同学。有一天轮到我值日，自习课时，一个女生一直在与同桌说话，我走过去低声提醒她不要影响其他同学。那女生却扬起头，一脸不屑地指着我说："你不就是一个卖菜的，你以为你是谁呀？要你来管我？"

班上的同学闻声，齐刷刷地把目光向我集中过来，嘲讽、惊奇，各种目光交织在一起将我笼罩，我恨不得找个地洞马上钻进去。他们怎么也想不到，一向张扬、自信的我居然会在闹哄哄的市场里卖菜。

我也傻了，脸上一阵发烧，连反击的语言都没有，心里有种撕裂般的痛楚。

吴昕听到后，慌忙跑过来，阻拦那个女生再说出什么难听的话。吴昕张了张嘴，似乎有话要说，但在她走向我时，我狠狠地推了她一下，她没防备，一个趔趄，整个人摔在地上，摔得仰面朝天。

"真野蛮！居然动手打人。你本来就在市场卖菜，难道我说错了？"那个挑起是非与我争执的女生不合时宜地火上浇油。几个女生扶起坐在地上哭泣的吴昕，不满地指责我，轻声安慰她，把我当成了空气。

我刚刚涌起的一点歉意即刻消失，只是在众多的指责声中，我无力反驳。

三

我恨死了吴昕。

那段时间里，我成了一只闷葫芦，对谁也不愿意开口，对生活充满了厌倦，对身边的人也充满敌意。我的成绩开始一落千丈，还变本加厉地开始逃课。

老师找我谈话，我低着头，一声不吭。从她焦虑的眼神中，我看得出她那恨铁不成钢的心痛。

吴昕再也不敢正眼看我，面对她我总是横眉怒目，我身上仿佛一夜间长满了刺，一丁点小事就会惹得我大发雷霆。在学校是这样，在家里也是如此。

我坚持着自己的冷漠和孤傲，觉得全世界的人都亏欠我。夜里，我躺在床上，思绪如云。我一次次地回想那天发生的事情，那些嘲笑声、指责声仿佛还回响在耳边，泪水悄然滑落。

我没有看不起我的父母，我明白他们的辛劳是为了我，我只是不希望被同学知道他们是卖菜的，这有错吗？我也知道这是虚荣心在作祟，想到吴昕给我带来的伤害，我决定不原谅她。

在学校我都不给吴昕好脸色看。她的成绩一如既往地好，而我已经对学习失去了热情，难以与她匹敌了。

四

有一天刚下课，她走过来，支吾着对我说："殷子，对不起！上次的事情……"

她的声音很轻，但我听清楚了。

"看见你现在的样子，我很难过。我的本意不是这样的，我没有取笑你的意思，但我没想到事情弄到最后会变成这个样子，对不起！是我考虑欠妥。"

我依旧不动，但眼角渐渐湿润。在这段被人孤立的日子里，我只是用表面的冷漠来掩饰内心的惶恐和孤单。

吴昕走出教室前，塞给我一张折叠成纸鹤的字条。

"殷子，对不起！上次的事情是我的错，只是那不是我的本意。在市场看见你卖菜那一刻，我对你充满了钦佩。我佩服你能够体谅父母的辛苦，并且身体力行地为他们减轻负担。最初我并不服你，把你当成学习上的劲敌，一直铆足劲和你竞争，但知道你课余时间常常去帮父母卖菜后，我觉得我们之间的竞争不公平，我占了便宜，于是我把这事告诉给了几个要好的同学，希望他们的父母去买菜时，能够专门买你家的菜，这样你就能腾出更多的时间来学习……我没想到，事情到了后来，会那么深地伤害了你。对不起！"

我仰着头，紧紧地闭着双眼，生怕泪水一不小心就会滑落……

五

在解开心结后，我与吴昕成了无话不说的好朋友。

吴昕还在每个周末写完作业后陪我去市场卖菜，并且美其名曰体验生活。但我明白，吴昕只是在用她自己的方式，来表达她对我的尊重，还有对这份友情的珍惜。

有吴昕陪在身边，我在市场帮父母卖菜时，再也不会难为情了。她热情洋溢的笑脸，甜甜的吆喝声，为菜摊引来了不少顾客，那些大妈一边挑菜，一边还会逗乐地询问我们是不是姐妹花？"是呀！是呀！我们是最好的姐妹花！"在我还不知道如何回答时，吴昕已经乐呵呵地说了。望着她如花的笑脸，我心里暖暖的。

我们是好朋友了，但在学习上，我们依旧是最强劲的对手，这方面一点都不含糊。

　　我喜欢这个对手，有她的存在，我斗志昂扬，精力充沛。就像吴昕说的："对手，就是自己的另一只手，对对手最大的尊重就是竭尽全力地发挥出自己最大的潜能。"

　　我尊重吴昕这个对手，因为她是我最好的朋友。有对手存在的青春，我们不会寂寞。

- 解码青春期
- 心理健康课
- 趣味小测试
- 快乐聊天室

扫码获取

白小舒，如果还能再见……

亦　尘

一

白小舒从到我们班那天起就和全体同学结下了梁子。那天，班主任宋老师领着一个男孩子进来对大家说："同学们，我给大家介绍一位新同学，他叫白小舒，大家欢迎。"宋老师说完，没有掌声响起，只听林昆说："小白鼠！"教室里立即响起了哄笑声。白小舒大声说："我叫白小舒，白是黑白的白，小是大小的小，舒是舒服的舒，白小舒，不是小白鼠。"白小舒这一番解释被林昆视为挑衅。被林昆视为挑衅也就等同于被多数同学视为挑衅。因为在我们班，林昆虽不是班长，但威望高，比班长有号召力。宋老师安排白小舒和我同桌，当时，我心里很不情愿——谁愿意自己身边坐着一个不受欢迎的人呢？

二

林昆和几位同学商议，要给白小舒些"颜色"看看，让这个新人知道在这个班里谁说了算。坐在我后边的江志杰打头阵，在白小舒站起来伸懒腰时，江志杰悄悄将白小舒的凳子挪开，结果白小舒一屁股坐在了地上。在我们的哄笑声中，白小舒站了起来，他对江志杰怒目而视。江志杰说："你眼睛瞪那么大干什么？关我什么事，谁能证明是我干的？"白小舒攥紧的拳头慢慢地松开了，然后很干脆地说："我不希望有第二次。"这次事件以白小舒的退让而结束。但白小舒的退让并没有换来大家的好感。林昆说："白小舒心里肯定不服，我们谁也不能搭理他，看他怎么在我们班里待下去。"林昆这么一说，大家都纷纷附和。林昆的话，谁会不听呢？他是我们的"老大"，谁有事情需要帮助，他总是第一个站出来。可这样一个热心助人的人，为什么偏偏看不上白小舒呢？林昆的理由是：一个初来乍到者竟然那么趾高气扬，我看不惯。这就是林昆的逻辑，他看不惯的就坚决对抗。

三

白小舒渴望融入这个集体，为此他做着各种各样的努力，可于事无补。课外活动，我们都是三五成群，白小舒是形单影只。没有人愿意同他说话——除了批评、嘲笑和奚落他的时候。白小舒从来不计较，对这一切逆来顺受。

白小舒时常主动找我说话，我总是漠然地回应他——"嗯""是吧""不知道"。我也想过要对他好一点，毕竟他是我的同桌，而且他那么可怜。可是一想到如果对他好，那就是冒天下之大不韪，我可能因此被孤立，我便会将心里对他的善意深埋。尽管白小舒做了努力，但是他依然没有推倒大家合力打造的那堵墙。集体的力量是强大的，尤其是要孤立一个个体，那种力量强大到令人感到恐惧。有一天，我路过校园的亭子，看到白小舒一个人坐在那里，看着天空发呆，一脸的落寞。那一刻，我真想走过去，安慰他几句，或者什么都不说，陪他坐一会儿，让他感觉到一点温暖。可是，我没有足够的勇气。

四

我生日那天，林昆带着一帮同学来我家为我庆祝。我们正玩得高兴，门铃响了。我去开门，门外站着白小舒。他笑着说："生日快乐！"说完，将一个包装精美的盒子递给我。我怎么也想不到他会来，我从来没有对他说过我的生日是哪天，当然也没有邀请他。"我能进去吗？"白小舒说。我回过神，向屋里望了一眼，又转头看看白小舒。白小舒看出我的迟疑，笑着说："你们玩吧，我突然想起来还有点事情。生日快乐，请收下我的祝福。"他说完把那个礼品盒塞到我手里，然后就跑下楼去。我关上门，林昆说："是小白鼠啊，送你什么礼物啊？"我打开盒子，瞬间就呆了，盒子里是一块我很想拥有的运动手表。我想起来了，前几天我在教室里看一本杂志，看到这款运动手表的广告图片不停地赞叹，白小舒一定是记在了心里。我的鼻子突然有点酸。我快速地跑下楼，我下定了决心，只要能追上白小舒，我就会把他请到家里坐坐，我会告诉他，从今天起，我是他的朋友。可是，我追出楼，追出小区，也没有看到白小舒。我很失望地回到家，对林昆说："以后，我们对白小舒好一点吧。"

五

晚上我躺在床上，想着明天到学校见到白小舒，我一定给他一个大大的拥抱，成为他在班里的第一个朋友。可是，人生有时就是这样，当你犯下一个错误后，根本不给你一个改正的机会。第二天上午白小舒来到学校，可谁也想不到，他是来告别的。白小舒站在讲台上，他说："这段日子，谢谢大家对我的照顾。我会记着这段时光，尽管也有些不愉快的事，但我相信，我们谁也没有恶意，如果我不转校，我想，我一定能成为你们的好朋友。下个月是校运动会，我希望咱们班能多拿几个冠军。孙磊的跳远，王岩的1000米跑，还有咱们的篮球应该也有实力争冠，可惜我不能在现场为大家加油助威了……"白小舒说完，教室里安静了一会儿，突然有人啜泣，还有人用拳头砸桌子。我冲过去，抱着白小舒，说着对不起。接着，更多的人冲到白小舒身边……

六

白小舒走后的第二天，宋老师对我们说："白小舒的爸爸是国家干部，刚调到咱们这儿不久又调走了，白小舒也随着他爸爸的调动而转学。前两天我找白小舒聊天，问他在这里习惯不，和大家相处得怎么样，白小舒说相处得很好，大家都很照顾他，学习上也都积极帮助他，还说有时间要请老师和同学去家里做客呢……"教室里一片啜泣声。

白小舒走后，我们时常会提起他。林昆说："如果白小舒还在，我一定当着大家的面向他道歉。"有的说："如果白小舒还在，他再和我们打篮球，我一定会多给他传球。"有的说："如果白小舒还在，我愿意每天都帮他补习英语。"……遗憾的是这只是如果，白小舒已经离开了我们，去了别的地方上学。

白小舒，一直在以宽广的胸怀接纳着我们，包括我们的讽刺和嘲笑，包括我们的孤立和敌对。可是，我们却未能接纳他的友好和善良。当我们认识到错误之后，却再也没有机会补救，只剩下了无限悔恨。为什么我们的醒悟，要以别人的离开作为代价呢？为什么总是当一个人离我们而去时，我们才会想起他的好？

流年里的成长之殇

✒ **王树霞**

一

当各种有关校园霸凌题材的作品在网络上不断刷屏，甚至点赞量到10万+的热度时，我却一直未曾观看。因为对看到其中与自己经历相似的桥段，我怕我会产生共情。

在我的学生时代，最早接触到校园霸凌，可以追溯到学前班。那时，邻居家有个叫"珍珍"的小姑娘比我大一岁，她在长辈面前乖巧有礼貌，可是如果我上学时没有等她一起走，或者路上没有帮她拿书包，她就会在长辈看不到的地方恶狠狠地掐我的手臂。

当时坐在我俩前面的男生叫"大象"，如果哪天我拿了新的文具或小玩意去教室，没有第一时间给他们两人用或玩，大象就会给珍珍使眼色，然后我的手臂上又会多一处青色的掐痕。

他们心情好的话，觉得腻了就会还给我，但大多数时候，都是一抬手就扔到垃圾桶里。等我把东西捡回来，发现刚从家里带来的新板凳又找不到了。我难堪地杵在课桌前，直到老师进教室，冷冷地说一句："你站在那里干什么？"他们才若无其事地把板凳还给我。

二

我也曾回家告诉大人，我憨实的父母虽是心疼，却也无可奈何。在他们眼里，总不至于为了小孩子间微不足道的小过节影响了邻里感情。对此，珍珍妈也只是扬扬刚擦了胭脂的脸，笑一笑说："孩子闹着玩嘛。"

可他们眼里孩童间的小摩擦，却让我本应多姿多彩的童年世界，充满了无边的孤独与难以形容的恐惧。我每时每刻都想着怎样摆脱这一切，却又无处可逃，无人可诉。

好在上小学时，事情发生了转变。不知为何，大象还留在学前班，没有和我们一同升入一年级，而珍珍则被分到了另一个班，大概因为我成绩比她好，所以她变得少言寡语，开始每天驮着大书包，亦步亦趋地跟在昂首挺胸的我身后。那一刻我因为终于摆脱了他们的"钳制"而雀跃不已。

小学里依旧有各种莫名其妙的排挤，被欺负的人，大多是形象邋遢、着装老土，或者行为怪异、神经兮兮的同学，班里的冬梅是前者，大胜是后者。而他们都有一个共性，就是成绩永远吊车尾。他们平时被视为透明人，只有大家想推卸责任或想取笑谁时，才会想起他们的存在。

三

值日生每天都要记录迟到、不做卫生等各种违反班级制度的人。如果"功勋本"上没有战绩，那么值日生会很没面子，所以无论有没有人违反班规，大家都把冬梅、大胜这些没什么存在感的名字写到本子上。

当时，面对一到自习就喧闹嘈杂的课堂，我们的班主任为了整顿课堂纪律，想出了一个令人咂舌的制度：上课后如果谁转头和后桌说话，后桌就有权给前桌记录下来，达到一定次数前桌就要被罚打扫卫生。

当时冬梅坐在我前面，她整天头发乱糟糟的，鼻子下挂着两串鼻涕，冬天时脸上会有冻伤。那天，冬梅只是微微侧了一下脸，同桌就用胳膊直戳我，不断怂恿道："快给她记下来！她转脸了！"

"啊？"我疑惑道，"这不算吧？""怎么不算！"同桌二话不说，拿起我的课本"啪"的一声就打在了冬梅脸上，大喊："冬梅！你转脸了！"冬梅瞬间愣怔了，扭过头去用手背胡乱擦了一把眼泪，然后昂起头一言不发地望着窗外。"你看你看，她还哭！"同桌大声嘲笑。

四

那是我在经历过大象和珍珍的欺负后，再一次感受到了人性的恶意。我有些于心不忍，但又怕同桌嚼舌根，说我居然和冬梅这样的女生一伙，从而让全班孤立我，使我再次陷入孤独窒息的阴影下，于是我选择了沉默。

冬日周末，我写完作业实在无聊，便在街道小巷里晃悠。不知不觉就走到了冬梅家的那条胡同。想起之前的事情，我踌躇再三，还是敲响了她家的门。

那个屋子虽不是家徒四壁，但也是逼仄阴暗，让人压抑。冬梅爸妈一看就是怯懦不敢言的大人，但对于有同学找他们女儿玩，却表现出意外和惊喜。当时冬梅因为感冒，一直在床上躺着。她看我来了，还是挣扎着起身，穿上大棉袄，陪我在空无一人的大街上转悠。

空气里都是刺骨的寒意，北风吹在脸上，仿佛刀割，冬梅不断咳嗽擤鼻涕，却没有提出要回去休息。我终是软了心肠，找了个理由和她说了再见。

三年级时，冬梅突然辍学了，全班无人怜悯她，甚至连虚情假意的问候都没有，大家只是觉得少了一个可以戏弄的人，于是便开始变本加厉地欺负大胜。

五

每天课间，总有人趁大胜上厕所时，把他的书包扔到窗外的杂草丛中。平时没有话题可聊时，同学就会围在一起，以编排他为乐。

"你们知道吗？"有人又开始贼兮兮地谈论他，"我昨天看到大胜的爸妈在打架，他妈把他爸抓得满脸血印子，他爸扯掉他妈一堆头发，他妈那样子，看起来活像个疯婆子。而他就站在旁边，边哭边喊'爸爸妈妈别打啦'，我跟你们说可精彩了！"

人群轰然炸开，有人大力地拍桌，有人夸张地大笑。"真的假的？"有好事者堂而皇之到大胜面前求证，大胜不明所以，见我们望着他笑，他也跟着嘿嘿笑。

乡镇里每年一次的集市庙会，恰巧在小学门前那条大路上摆开。中午时分，大胜妈推着一辆卖各种吃食的小推车路过校门口，应该是准备回家的，赶巧一个老太太拦下她买了袋螺蛳。这一单小生意让大胜妈喜上眉梢，不善于叫卖的她，拢了拢半散的头发，收了收脸上怨天尤人的戾气，顺势在校门口重新摆起摊来。

六

"你看他妈妈那个寒酸样，披头散发的，是不是刚跟他爸打过架？"看热闹的同学撇嘴讥笑道。大胜却丝毫不觉得丢人，他扒拉着小推车上的零食，嘴巴里塞得满满的，兴奋地围着妈妈转。

那一刻，我心里突然升起一种奇怪的感觉。多年后，我在网络上看到一句话叫"对生活起了怜悯之心"，便瞬间被戳中了心扉。当年的我，也是遭受过无端恶意的人，即使离开了那个山村，在成年后的许多个夜里，也会从找不到自己板凳的噩梦中突然惊醒。

可是当时没人正确地告诉我，在那个畸形的环境里怎样奋起反击，所以我更怕周围逼仄的空间，更怕只能再次蜷缩自己孤独弱小的身躯。于是为了求得一份认同感，在冬梅和大胜经受难堪时，我虽感同身受，却始终怯懦不敢言语。

可就算是沉默不作为，另一种意义上我也是帮凶。如果当时我勇敢一点，不胆怯不退缩，拿出气势迎面对抗，让自己强大起来，我的世界会不会变得鲜亮明艳？今时今日，已不得而知。那些年的冷漠旁观，我不仅没有成为别人灰暗世界里温暖的光，还在无形中造成了他们人生的成长之殇。哪怕如今鼓起勇气坦然审视过往，也没有机会，去和年少时的他们说一句："对不起，当年没有和你们同行。"

我和时光一起，等你转身

✐　董　红

一

周申来到班级的那一天，恰逢阴天，整个世界像蒙了一层纱，变成了一幅黑白画。或许是受天气影响，他棱角分明的面庞上全是冷峻，既没有初来乍到的新鲜感，也没有青春蓬勃的朝气。同学们的反应也平淡极了，没有往日里欢迎新同学的开朗和热情。周申便像一朵浮云那样，静默地飘到了班级最后面的一个座位上。

第二天，班级里才有了对于周申这个新同学的反应。听说他是因为在原校犯了错，不得已才转学过来的。犯的什么错呢？好像是经常打架，最后一次还动了刀子。而且听说他的兜里始终都揣着一把水果刀，看谁不顺眼，就挥刀而上。这个消息一经传开，全班同学立马毛骨悚然，仿佛平静的生活里一下子闯入了一个无恶不作的侵略者，不知何时就会突然对着某个人挥刀而上。于是，大家对他好似躲避"瘟疫"一样，唯恐避之不及。

二

那天中午，班级里仍像以往一样喧闹，周申走进教室时，过道里的同学自觉而谨慎地让出了一条道。然而，不知是谁的足球，顽皮地横亘在过道上，只见他脚底一滑，差点摔倒了，幸亏他及时地抓住了身旁的一个桌角，整个身体才没有倒下，可是膝盖还是狠狠地磕在了一把椅子上。起身时，他眉头紧皱，教室里一下子静了下来。大家都觉得他的反应一定会异常强烈，要么将球用力地一脚踢开，要么干脆拿出兜里的刀来把它一剖两半，我们都为这不知天高地厚、可怜的足球捏了一把汗。而让人没想到的是，周申竟然弯下腰去，把球拾起，拿到了教室后面，又弯下腰把它放到了规定的角落里。

小小的一件事，让我心中泛起了涟漪。我想，能对一个球温柔的人，不会与世界为敌。

从那以后，我开始注意起这个新同学来，才发现周申真的没什么不同，上课也听讲，下课就老实地趴在座位上。没人同他讲话，他似乎也不愿意搭理什么人，要么戴耳机听音乐，要么趴在座位上睡觉，他一直在自己的世界里享受着孤独。所以很久了他也没有融入这个班级，我们似乎也没有像主人一样，敞开门迎他进来。

三

学校周五组织劳动，两人一伙抬筐倒垃圾。男生女生中都没人愿意和周申一组，看着班长和劳动委员为难的样子，我主动请缨和周申一组。满满的一筐碎石与瓦片真够沉的，可心也跟着沉甸甸的。和我同行的这个人，真是大家口中的那个暴力学生吗？他的兜里果真有一把刀吗？我不由得向他瞟了一眼，只见他的眉宇间冷峻刚毅，目光严肃清冷，仿佛拒人于千里之外。我们之间没有一句话，只是抬着筐，和其他组同学一样，在校园里穿梭。就这样走了两趟，他便执意要一个人拎筐，我当然是不肯。

"拜托，你的力气那么小，也约等于零了，咱俩一起抬，我更累好吗？"周申用任性的口吻说道。见他如此执拗，我也只好作罢。"那我就跟着你说说话，替你加油吧。"于是，他大步流星地在前面拎着筐走，我空着手在后面小跑着追赶。

这时候我才发现，他有着结实的臂膀和宽大的手掌，干起活来竟然像模像样。就这样来来回回不知多少趟，他原本蓬松的发梢被汗渍浸染得打起绺来，原本白皙的脸庞变得红彤彤的，但他仍然不肯停歇。周申像一棵行走的杨树，在我心里投下了片片清凉。每每行至垃圾箱处，我总想搭把手，和他一起抬筐倾倒，却一次次被他厉声撵走。就这样，几堆等量的垃圾，每组倒一堆，我们成了第一个完成的小组。

四

劳动结束，我们一起休息。树荫下，一只小鸟在枝叶间啁啾鸣叫，有风吹过，树叶也欢快起来，"沙沙"地响。

"辛苦了。"我从兜里掏出一块糖，递过去。

"阿尔卑斯，小时候常吃。"我第一次看见他的嘴角向上弯了弯。我还清晰地看到，他接过糖的手掌被勒得通红。

"大家都说我是暴力分子，你不怕吗？"此刻，他的脸红得发紫，我想那是劳动在上面加盖的印章。本不想说这件事情，没想到他却主动提起。说这话时，他的表情一点也没有变，他的平静让我心里一紧，原来，我们暗地里的态度他都一清二楚。

"不怕，好歹我也是跆拳道黑带呢。"

我的回答把他给逗乐了，露出了一口洁白整齐的牙。说实话，起初我还真想问问他，关于打架、关于藏刀的事儿是不是真的。但是看见他那么明朗的笑容，我一下子就觉得没那个必要了。

从那以后，我们见面会相视一笑，会偶尔说上两句话，虽然接触并不多，但我是他在这个班级里走得最近的人了。

五

周末的一天，我和几个同学相约着来到班级学习，没想到教室里已经有三四个人了，难得的是周申也在。那天刚下过雨，到处都像刚洗过一样干净清爽。新鲜的空气里透着凉意，让人更有精神。大家都很自觉地埋头学习，教室里只能听见笔尖"沙沙"作响，像蚕噬咬桑叶的声音。

"哐啷"一声，一个足球伴着七零八落的玻璃碎片飞进教室里来。"啊呀！"随之而来的是靠近窗口的女同学赵桐的一声尖叫，这可把大家都吓坏了。同学们先是一愣，然后立马一窝蜂地向教室外面冲去，从四面八方包抄过去捕捉那个罪魁祸首——一名小学生。等我们都回到教室里，才猛然想起了赵桐，发现她的眉头和手背的伤口处已经贴好了创口贴。"只是擦破了一点点皮，没什么事。"然后，她指了指手背上的伤，又指了指窗台。我们这才注意到那个正在一点一点地清理玻璃碎屑的人，正是周申。

后来，那块玻璃没有等到那个闯祸的小学生领着他的家长来修，就已经被人安好了。没人看到是谁干的，但是大家都猜到，一定是周申！当我询问他时，他简单地摇了下头，那轻描淡写的态度，就像是拂过他额头那绺儿刘海儿的清风……

六

放学等车时，我又一次和周申相遇。递给他一块阿尔卑斯糖，他拒绝了，而是拿出一块口香糖嚼在嘴里。是啊，时光悠悠，岁月流转。翻过热血的"阿尔卑斯山"，我们不再是当初那个轻狂放纵的少年。我终究相信，风吹不散认真，时光等你转身。

解码青春期
心理健康课
趣味小测试
快乐聊天室

扫码获取

年少的时光漫长，有你才不慌张

昨　稼

一

哇，真的好可爱呀，猫咪这种生物真是天生招人喜爱。我趴在猫咖外面的玻璃窗前看着里面的每一只猫，真想亲手摸一摸呀。文一白抱着猫咖里最近才来的一只橘色小奶猫向我走过来，隔窗把它的小爪子放在我的手心里，然后用嘴型问我："可不可爱？"我点点头，眯起眼睛，太可爱了！它的小肉垫还没我的指肚大。

"我还是第一次见明明对猫毛过敏却这么喜欢猫的人。"文一白从猫咖里出来后，我们保持一段远远的距离进行对话，因为他的身上有猫毛，而我又对猫毛极度过敏，根本不能靠近它们。所以每个周末我们一起从猫咖回家的时候，他总会像现在这样倒着走，看着明明没有摸到猫却一脸兴奋的我。

我说："人家不是说，得不到的才是最好的吗？可能这就是老天对我的考验，明明不能靠近，偏偏又很喜欢。"文一白并不认同我的说法："曲可可，你可真有自虐精神，我要是对猫毛过敏，一定会对猫敬而远之，能离多远就离多远。"

"你每天都能摸到猫，当然不懂我的心情。"

我小时候大概也是摸过猫的吧，不然也不会知道我对猫毛过敏那么严重。只是从我有记忆开始，妈妈便不断地警告我一定不能靠近猫，不然我就会有生命危险。但妈妈越是警告，我就越会对猫产生兴趣，只是那个时候，我家周围几乎没有养猫的，我也就没有机会和猫相处。

直到那年我家搬来这里后，我在小区门口遇到了和猫一起玩的文一白以后，我的世界里才有了猫咪的存在。

二

文一白就像是猫薄荷一样，每次只要他在小区里停留片刻，就会有不知道在哪里藏着的小猫开始出现，然后聚集在他身边。每当看到这一幕我都羡慕死了，因为我永远都只能站在远远的地方看看它们。

我刚搬来这个小区时就总能看到他在楼下和猫一起玩儿，他和小猫进行对话，而那些猫就像能听懂一样，或躺或卧地待在他的身边，安静地蹭着他的手掌。我很想上去和他搭话，但有猫的时候不行。

一天傍晚，我在小区门口遇到了他，那个时候周围没有猫，我便大着胆子跑上去拦住他说："嗨，我叫曲可可，我们做朋友好不好？"其实我连他叫什么都还不知道。结果他非常惊讶地看着我，就像受到了什么惊吓一样转身跑开了，我莫名其妙地看着他落荒而逃的背影，内心受到了无比沉重的打击。

第二天一大早，我就背上书包出了门，却没想到在小区门口遇见了他。我当时赌气地假装没有看到他，可他却跑过来拦住我说："曲可可，我叫文一白，你是我的第一个好朋友，以后我们一起上下学吧。"

到了学校，我惊讶地发现他和我一样是初中生，因为他长得非常瘦小，我一直以为他还是小学生。

那个时候的他，瘦得像只小猴子，因为经常生病请假在家，所以班里的男生女生都不喜欢跟他玩，也不喜欢和他做同桌，于是，身为转学生的我顺理成章地和他成了同桌。然后从初中到高中，6年间我们一直坐同桌。

三

"文一白，为什么它们都这么喜欢你呀？"周末没事的时候，我就会和文一白一起在小区里玩，他只要坐在一个地方就会有猫来找他，然后我就在他不远处坐下，看着他和猫玩儿。虽然我不能和猫有接触，但只是看着它们我就非常开心了。

"因为它们和我是好朋友呀，从小到大没人愿意和我玩，都是它们一直在陪着我。"我看着他那么熟练地摸猫、逗猫，忽然问："文一白，你是不是猫变的呀？不然你怎么好像能和它们进行对话一样，它们完全懂你在说什么。"

"对啊对啊，曲可可，我就是猫变来的，所以大家才不喜欢我，你怕不怕？"

"哈哈，真的吗文一白？那我就更要和你做好朋友了呀。以后不如我叫你猫咪王子，我想要摸猫的时候就摸一摸你的脑袋吧？反正你和它们一样可爱。"

"谢谢你夸我可爱，但是我拒绝！"

让文一白特别在意的一点就是，初中3年他一直比我矮半头，我总是抬手就能摸到他的脑袋，但他也总能快速地躲过去。

"文一白，你这么可爱，让我摸一下脑袋怎么了？"我伸手作势要去摸他的脑袋，他马上捂着头跑开了。

四

升高二这年的暑假里，文一白的个子开始疯长，从初中开始坚持跑步的他，身体也越来越健康强壮。高二开学他似乎在转瞬间就变成了一个帅气的大男孩，只不过，天天和他在一起的我从来没有注意他的变化。直到有一天，我在教室外看到有个女孩给他送糖果，还说："文一白，我听说礼仪老师想让你进礼仪队，是真的吗？如果是真的，那我们可不可以做搭档？"

女孩害羞地低着头不敢看他的反应，这种事情以前哪里在他的身上发生过，文一白似乎不知道该怎么回答，收了糖果也没有拒绝那个女孩的提议。

那一刻的我是一种怎样的心情呢？就好像一朵蔫了吧唧、快要凋谢的花，我好不容易天天浇水灌溉、天天陪它晒太阳让它重新绽放，结果有一天突然有个人路过看到，于是就想随手把它掐下来插到自己的脑袋上炫耀。

那天，我没有和文一白一起回家，走到小区的时候看到一只大猫在欺负一只小猫，我想也没想就上去阻拦，当天晚上果然就开始起红疹、发高烧。

第二天放学文一白来看我，我不想让他看到我可怕的模样，就一直躲在被窝里不出来。他说："曲可可，你不是我最好的朋友。"听到他这句话，我的心脏仿佛停止了片刻。是啊，他早就应该交新朋友了，现在的他阳光开朗，学习优秀，有好多人喜欢。

就在我想要从被窝里爬出来把他轰走的时候，又听到他说："曲可可，你一直都是我唯一的好朋友，过去是，现在是，未来也是。这个礼物我本来是想等你生日那天送给你的，但现在好像等不到那个时候了。"

我听到有礼物，疑惑地从被窝里露出头来，然后就看到他手里拿着一个小猫玩偶。我一下子就来了精神，伸出手去："给我看看。"他没忍住笑了起来，我拉起被子挡住自己的脸，"我现在的样子很可笑吗？"他急忙把小猫玩偶递给我，说："我不是那个意思，我只是没想到你会这么喜欢它。"

橘色的小猫玩偶像真的一样，身上的毛是用线做的，有几处针脚还跑了出来，他看到后，说："呃，做得不完美，你别嫌弃。""这个小猫是你做的？"他害羞地摸着后脑勺点点头。我忍了忍眼泪，说："文一白，你过来，我想摸摸你的脑袋。"这次很意外地，他真的蹲了下来，让我摸了摸他的脑袋。

文一白，你知道吗？年少的时光漫长，我总害怕一个人的成长慌慌张张，可是有你在我身边的日子，我一直都觉得安心又快乐。

鹅卵石没有错

水 唇

看过《最终剪接》吗？

每当忍无可忍时，我会很认真地问他："看过《最终剪接》吗？"

其实，对于这种夸张劲爆的科幻电影，只有男生才爱看。可他就是男生，却没有看过。这时，他总会用一种迷茫而又崇拜的眼光仰视着我。问题就来了，因为我不是男生，这种电影我根本不喜欢看，我只是听同班的男生亢奋地聊起过其中一段很科幻的情节：技艺超绝的医师将一种芯片植入人的大脑，此人便脱胎换骨，天文地理世间万物，无一不知，无一不晓……

每当此时，我恨不得立刻拥有电影中尖端的技术，将他这颗仿佛鹅卵石的脑袋凿开，也放上如此一款芯片，该多好。

天知道，他竟是如此的笨！而天杀的我，为什么会偏偏选中他？

开学那天，班主任用一种不容推卸的温柔口吻说："为了团结互进，现在我倡议，每位班干部帮扶一位'差生'……"班主任扶了扶眼镜点了我的名字，"董雨，你是班长，你先来。"

我是班长，当然义不容辞。幸好是我先挑，我一遍又一遍巡视那几位成绩靠后的"差生"：林强？不行，他总爱将毛毛虫放进女生的口袋，而我的口袋是"零食超市"；大生？更不行，他的坏脾气，我哪里抗得住……我

139

最终点了他的名字，他是今年从乡下插班进来的，家境窘迫，父母来城市打工，在学校路口不远处开了一家小吃店……嗯，乡下人勤奋知进，就他了！

你不是"神马"，是"杯具"

可是，我的想法立刻就幻灭了，因为他竟不知什么是"阿迪达斯"，什么是"三明治"，什么是"QQ"，就像他根本不知道电影《最终剪接》一样。他说他只知道镇上的图书馆，还有面粉厂，并且他还记得地点和方向，甚至能够记得今年路边的桃花是粉色还是白色。

对于他的记忆力，我倒是没怀疑，因为我亲眼见识过他在乱哄哄的小吃店里帮忙，人来人往中，他竟能够清晰地记得谁点了几个包子，谁要了几个鸭蛋。

但是，对于课本中的正弦余弦、同角关系、摩擦因数等，总是合上书本他就忘了大半，不知所云了。这还不算什么，最要命的是英文课，他说他从来没有见过这样的阵势，从老师进来的"Good morning（早上好）"到下课铃声响起的"Bye（再见）"，全程英文授课，他如闻天书，如堕雾里。我总是能够看到他额头的汗，如绵绵秋雨涔涔而下。

我安慰他："没事，只要努力，我相信你是一匹黑马。"

听到我鼓励的话，他竟然豪气千秋地冒出了一句："黑马算什么，我要做神马。"

天，我立刻被雷得汗流浃背："你不是'神马'，是'杯具'！"

我在心中说："再见！"

就好像他根本不知道"神马"其实就是"什么"的谐音一样，在我这个一人之下，五十九人之上的班长的"青睐"下，他误以为我视为私人领地的课桌抽屉也是他随意翻弄的空间，竟然在我不在教室的情况下将我的笔记和复读机尽数"借阅"而去。

尽管我知道他是为了学习之用，但是从来没有不经我允许就敢如此"放肆"的人。我顾不得讨回，心慌意乱地赶紧检查了自己的课桌。还好，我松了一口气，从妈妈首饰盒里偷来的半支唇膏还在，邻班那个眉清目秀的男生送我的贺卡还在……

然而，我还是愤怒地将课本摔在他身上："Bumpkin，who do you think you are?（乡巴佬，你以为自己是谁？）"

英文的特长使得我肆无忌惮地将恶毒的嘲讽变成一根根长刺，狠狠地刺向他。他的英文不好，窘迫地站在那里，在全班的哄笑声中，我看见他那洗得泛白的T恤衫，"哗啦啦"如一片风中的枯叶。

我真后悔当初选他。但我毕竟是班长，想来想去，反正那个复读机旧了，我也想换新的，干脆就送给他吧。

他受宠若惊地接过，口中忙不迭地说道："我一定把功课搞上去，谢谢……"看着他感激的表情，我笑靥如花地搪塞着，却在心中说："再见！"

我终于不再辅导他功课，曾经那些恨铁不成钢的种种念头，亦渐渐消失。他仿佛也觉察到了，瑟缩在教室阴暗角落里，悄无声息。

只是偶尔在操场上见他匆匆走过，有女生在后面大声说"Bumpkin（乡巴佬）"，他仿佛被什么绊住了，踉跄了一下。

我不是鹅卵石

冬去春来，校本部开始了一年一度的英语演讲比赛。班主任对我说："董雨，英语是你的强项，第一名你一定要给我保住了！"

可我的春季哮喘发作了，我根本无法打起精神，在班主任期待而又严厉的目光下，我默默点了点头。更没有想到的是，在比赛的前一天晚上，我受凉发烧了。就在第二天主持人念着我的名字，让我出场的时候，我身上绵软无力再也站不起来。

换谁上场呢？就在主持人准备宣布缺席的时候，只见他在一片惊呼声中大步走了出来，班主任有些抓狂，阻拦已经来不及了。

接下来，我们都惊呆了，就像他演讲的题目 "*I'm not pebbles*（我不是鹅卵石）"一样令人意外。听得出，比起其他精英学生，他的发音以及流利程度差得很远，但是，演讲的内容却像是一种呐喊，一种对自强不息的诠释。

他的英文怎么突然有这样天翻地覆的变化？是复读机的功劳，还是他超强记忆力的天赋？

他是这样说的："鹅卵石也有心，当阳光照在鹅卵石身上的时候，他感知温暖，心怀感激，可鹅卵石没有错，鹅卵石也想成为大厦的基石，也一样有渴望友谊的手臂……"原来，我的鄙视和嘲弄，他都懂，只是他藏在了心里，默默地看着我，在暖暖的时光里迤逦而过。

我听着听着就流泪了，既感动也羞愧。感动的，是他一直没忘记那些微不足道的帮助，这些竟如此铭刻在一个少年的心里。惭愧的，却是我那刻薄的嘲讽、鄙弃的目光、无端的冷漠，是怎样横亘在他的善良和隐忍当中，让他度过那段裸露的时光。

未见过的火焰兰，开满了整片天空

枕寒枝

一

老木搬来的时候，是春末。薇柔依稀记得，他搬来的那天，楼下花园里的花朵鲜艳殊常，整个花园沐浴在温暖的光芒里。

然而，被阳光映照着的薇柔并没有感觉温度的上升，相反，一丝凉意通过她抚在亭台栏杆上的手，传递到她的内心。

父亲已经一周没有回家了，她有一种感觉，父亲这次出走不会再回来了。

父亲出走的那天夜里，外面电闪雷鸣，风雨交加。薇柔早早就上了床，却在半夜里被爸妈发出的争吵声给弄醒了，然后就听见有什么东西被打碎了。大约半个小时后，他们的房间安静了下来。薇柔除了听见外面的风声雨声，仿佛还能听见自己的心跳声。

二

第二天早上，薇柔才发现父亲不在。薇柔问母亲："爸爸去哪里了？"母亲气呼呼地说："死了。"

薇柔当然知道母亲说的是气话，往常父亲也出走过，只是没两天就自己回来了。但这次父亲的出走貌似十分坚决，几日后，他给薇柔发了一条微信："爸爸要去干事业了，闯出点名堂再回来，你要好好学习。"

薇柔知道父亲做事总是三分钟热度，所以至今一事无成，母亲也从不指望他。简小凡看见薇柔在花园里，一惊一乍地跑过来，说："我找你很久了，原来你在这里，干吗呢？"

薇柔的思绪被打断，也没有应声，简小凡突然兴奋地大叫："小薇你快看，我们小区来了个这么帅气的大叔，太帅了……"

夕阳之下，一个穿着白色毛衣的大叔徐徐走来，余晖照在他宽阔的肩膀上，全身像是被光笼罩着。简小凡沉默了一会儿，再次兴奋地大叫："这个大叔应该是个钢琴家，你看他的手指多么修长，简直就是钢琴家的手。"

三

一个月后的天气突然阴沉，薇柔不停地挠着自己红肿的胳膊和脊背。她从小就患有皮肤过敏症，一遇到阴雨天，皮肤就会又痛又痒。现在，她的皮肤过敏症似乎更严重了，雨天还没来临，她的皮肤就又红又肿。

去学校的路上，雨已经开始下了。课间，薇柔靠在窗边，一言不发地看着操场上淋雨耍帅的男生。

"薇柔，你的皮肤看起来真够吓人的，赶紧去医院看看吧！"这句话从同桌的嘴里吐出，引得其他同学转头侧目。他们先是用怪异的眼神看了她好久，之后发出一阵促狭的爆笑。薇柔似乎毫不在意，只是面无表情地穿过笑声，到教室最后一排的座位落座。

薇柔想不到会再见到帅大叔，而且他还成了她的新班主任，教师们都叫他老木。当然，老木既不姓老，也不姓木。他叫林大海。简小凡说得对，老木的手就是钢琴家的手，只是他不弹钢琴，却喜欢吹笛子。他吹笛子的时候非常陶醉。

下课后，老木给了薇柔一瓶药膏："刚刚上课，我就发现你有皮肤过敏症，我女儿以前也有这病，这是她常用的牌子，你用了会舒服很多。"

薇柔用画画时才有的温和目光审视着他的五官，毕竟他是在冷漠的嘲笑声中愿意给自己送药的人，她不由得将那瓶小小的药膏攥得紧紧的。

四

期中考试后，老木在班上通知开家长会，薇柔向老木请假，她耸耸肩，说："妈妈在外地做美食节目，我现在是留守儿童了。"薇柔并不是很伤心的语气，她安静的脸庞有一种天塌下来也不怕的气势。

老木说："以后下课后你到老师家吃饭，行吗？"老木表情焦急。突如其来的温暖最是致命，薇柔知道她不能说"不可以"。

到了年底的时候，薇柔已经习惯在老木家出出进进，她脸上的笑容渐渐多了起来。这天，老木跟着电视的美食节目在学做青辣椒炒土豆丝，薇柔"啪"的一声关掉电视。

老木呵呵笑着，往锅里放入青辣椒和土豆丝的时候，转头问薇柔："怎么了，不喜欢这道菜吗？"薇柔用很轻的声音说："那个美食节目里教人做菜的就是我妈。"

老木回过神来，说："这么说你的母亲还是个厨师呀，等她回来了，一定会给你做很多美味的食物。"薇柔脱口而出："她只想着工作，不会回来了。"

老木表情呆住了，然后对薇柔说："每一位母亲绝对不会放弃自己的孩子，我相信你妈妈也是。"他站的地方刚好有块阴影，但他很快从阴影里走出去，从书桌上拿来一叠毛边纸。

"这是什么？"薇柔端详着那叠毛边纸，吸引她的是纸上的植物图鉴，花朵像是正在燃烧的火焰，每一朵花都渐次盛开，犹如飞舞的蝴蝶。

"这是火焰兰，被列为国家二级保护植物。"

"真漂亮，这些都是老师画的吗？"薇柔端详着那叠毛边纸。

老木笑了笑："有一次我在广西一座小村庄见到了一株火焰兰。当地人说它是一种珍稀的花草，因为它不惧怕恶劣条件和孤独，顽强而且独立，所以它也是勇敢的象征。"薇柔愣了一下，想到在书中看过一句话："一个人哪怕肉体活得惨一点，也要精神上美一点。"

五

这天下午回家时下了一点雨，薇柔进门时，忽然听见有人笑着说："薇柔回来啦。"是母亲！有那么一瞬间，薇柔感到了久违的快乐，但马上又冷冷地说："你怎么回来了？"

"我女儿喜欢妈妈做的菜，所以妈妈就回来了呀。"母亲带薇柔回家，离开老木家的时候，天空忽然就放晴了，薇柔抬起头让阳光刺进眼睛里，泪水不由自主地流了下来。

薇柔觉得母亲似乎开朗了许多。那天她问母亲，是什么令她改变的。母亲说："人不能总是站在阴影里，走出去，才能看见阴影之外的彩虹。"

时间像一个齿轮，一圈圈转动，永不停歇。期末考结束那天，一辆车停在校门口。薇柔从窗户里看到老木离开，她和简小凡匆忙填完试卷，跑去办公室打探情况，教导主任摇摇头："老木下学期可能不来了。"

"为什么不来？"薇柔与简小凡异口同声。

"他要去广西边远山区支教了。"

"啊，原来是这样啊！"薇柔吃惊地说。

像养了好多年的猫突然跑了一样，薇柔觉得内心倏然被掏空。

某天傍晚，薇柔收到了老木寄来的香囊，香囊里散发着阵阵的火焰兰香气。薇柔戴着香囊踽踽而行，却又站住。她忽然看见，从那深不见底的茫茫夜空里，似乎有什么东西正在降临。她的眼前明晃晃红艳艳的，那是她所未见过的火焰兰，开满了整片天空。

解码青春期
心理健康课
趣味小测试
快乐聊天室

扫码获取

林薇薇，我上了你的贼船

林开平

一

坐在林薇薇旁边，我浑身不自在。这个性格怪异的超级学霸就像自带驱离光环一样，让所有接近她的生物都感觉浑身不适！

还是王洋好。我本来跟王洋坐在一起。我们初中就是一个班的，刚上高中时成了同桌。如果这样发展下去，高考完我就可以跟他表白，大学毕了业我们就结婚……想想都觉得美好。可是万恶的班主任硬生生地把我们分开了，把我安排在林薇薇旁边，离王洋那么远！

我看着远处的王洋，不禁叹气。林薇薇一边做题，一边小声说道："不能跟他做同桌，你就惆怅成这样，将来上大学不在一个学校，你不得愁死啊！"

我一惊，问她："你怎么知道我们上大学不能在一个学校？"她说："以他的成绩，上个重点大学问题不大，你能考得上吗？"一句话把我噎得说不出话来！

不对，这不是重点。"你怎么知道我喜欢王洋？"

她不屑地冷笑一声："你都把花痴两个字写脸上了，我又不瞎！"

二

　　林薇薇的话，让我心里七上八下的。有一天上学的路上，我忍不住问王洋："我们以后会永远在一起吗？"王洋立马慌了："我们还是高中生，你成天想什么呢！我就是把你当哥们儿，绝没有那个意思！"说完落荒而逃。

　　我的心却一下子跌到了谷底——我这算是表白被拒了吧！看着他远去的背影，我忍不住哭了。我也没了上学的心情，坐在马路边的台阶上，默默流泪！

　　"都快上课了，你居然在这儿哭，搞行为艺术吗？"

　　一扭头，居然是林薇薇那个憨货。我低头不理她。她说道："不会是跟王洋表白被拒绝了吧？"

　　本来已经快止住泪水的我，听她说了这么一句，哭得更伤心了。林薇薇一愣："不会吧，真让我说着了！"说完，她坐在了我旁边！

　　我疑惑地问："你干吗？"她说："我心软，见不得女生哭，陪陪你吧！"

　　我以为她会安慰我一下，但是她真的只是陪我，一句话也没说。我哭了一会儿，觉得没意思，就不哭了。她说："哭够了啊，那赶紧去上课吧。我这样的好学生，居然陪着你旷了一节课，简直不敢想象！"

　　我被她拖着往学校走，觉得难过的时候，身边有个朋友也挺好的。于是我忍不住说了一句："谢谢。"她意外地看着我："你别那么假了吧唧的了。不过你这样的人，没事哭一哭也挺好，把脑子里进的水哭出来了，说不定还能变聪明点。"

　　好吧，我收回刚才的话。难过的时候，身边出现的是林薇薇，那简直是一场灾难！

<h2 style="text-align:center">三</h2>

我和王洋成了陌路人，我的生活就像突然没了重心。我突然想起，自己还是个学生，貌似用学习转移注意力，也是不错的选择。我望着林薇薇，说道："这个周末我去你家吧。"她一副见了鬼的样子，说道："你干吗？王洋不要你，你别想赖着我！"

我一时气结，但还是耐着性子说："我打算好好学习，但是周末自己在家总忍不住想玩。不如我去你家，咱们搭个伴！"她说："原来是这样啊，那好吧。"

周末，我在林薇薇的卧室里和她一起做题。我真是不敢相信，整整一个小时，她真的就一动不动地做卷子。我呢，做上十分钟就忍不住发半小时的呆，一个小时的时间，做了不到五道题。

她扭头看我一眼，说："你来我家就是为了发呆吗？"

我无奈地说："我不会做啊！"

"哪个不会做？"

我把不会的题指给她看。她就开始给我讲解，她看似不耐烦，但是讲起题来还是蛮有耐心的。我有不会的就问她，做卷子比以前顺畅多了，一上午的时间居然做了不少题。我心情不错，对林薇薇说："谢谢你啊，给我讲题浪费了你不少时间！"

她说："没事的，给你讲题，比给我上小学的表弟讲题还简单。你俩知识量差不多，但你没他聪明！"

我也是想不开，跟她说谢谢干吗！

四

第二周的周五，快放学的时候，林薇薇突然问我："明天还来我家吗？"我本来打算这周末出去玩的，听她这么一说，我犹豫了起来。

她看了我一眼，说道："我也是多余问一句，像你这样的人，说要学习也就是图一时新鲜，怎么可能坚持得下去？"

这话我就不爱听了："你看不起谁呢，我为什么坚持不下去？"

"那你坚持一个给我看看啊！"

"好，我就让你看看本姑娘认真起来，是多么有毅力！"

我简直不敢相信，周六和周日两天，我居然窝在林薇薇家做了两天题。我简直要疯了，但是只要我一走神儿，林薇薇就意味不明地冷笑一声，搞得我心里很不舒服，于是赌气跟她一起做题，居然做了整整两天！

果然，人不逼自己一把，就不知道自己有多强大。有些人表面是个学渣，其实身体里住着的是学霸的灵魂。

五

跟着林薇薇死磕了两个月的习题，期中考试我的成绩居然提升了二十多名，家长会上班主任好好表扬了我一把。我妈也终于在家长会上风光了一把，回家之后给我做了满满一桌子好吃的奖励我。

这一切应该感谢林薇薇吧，没有她，我不可能坚持这么长时间的。我对她说："这次我考得那么好，多亏了你啊。谢谢。"

她用看外星人的眼神看着我说："你对'考得好'有什么误解吧。你这成绩，也就勉强算个中游吧。"

果然跟她是不能好好说话的，我翻着白眼不再理她了。

她看我不说话了，犹豫了一会儿，小声说道："其实，我也想谢谢你。你知道，我性格很怪，没有朋友。我爸妈工作又忙，周末的时候几乎都是我一个人在家刷题。这两个月，一直有你陪着我，我觉得自己没那么孤单了。"

林薇薇突如其来的煽情话语，让我也感动了一把："别那么说，我就是你的朋友啊。你孤单的时候可以找我陪你啊。"

她眼睛一亮："真的吗？那你以后每周末都来我家好不好？"

我突然有一种上了贼船的感觉，警惕地看着她。

她犹豫着说："你要不喜欢做题，我们也可以玩别的。两个人在一起玩，总比一个人有意思。"

算了，这贼船上就上吧，毕竟这艘船上，有一种名为"友谊"的东西在慢慢生根发芽。

你的好，美食也替代不了

董　红

一

半夜被饿醒的滋味真不好受，我双眼直勾勾地瞪着上铺的床板不舍得眨一下，因为汉堡、鸡腿、烤冷面像海市蜃楼一样，在床板上若隐若现。

怎么突然听见吸溜面条的声音？我顺着声音机警地寻去，发现上铺正是发源地。一把上去掀开被子，我以为会迎上一碗热气腾腾的面，哪想到撞见的是一张和我一样饿得发青的脸。

"是谁在吃面？"我小声问。"它！"齐济扬了扬手机。然后我和她挤进一个被窝里，四只眼睛像狼的眼睛一样，对着"美食视频"齐刷刷放光，并争先恐后地流口水。

"那火鸡面辣椒料放太多了吧？""那样才够味儿。""生蚝要多放些蒜末才好吃。""还要多放些小米椒碎。"后来才发现，我们有许多共同点：都喜欢麻辣油腻重口味；都喜欢吃拌面、宽粉和海鲜；都喜欢看美食视频里的人大快朵颐。一个美食视频拉近了两个吃货的距离。

二

对于资深月光族的我来说，每到月末就开始捉襟见肘，我索性放假连家也不回了，将路费省下来，还能改善一下伙食。不过，当原本拥挤、喧闹的宿舍突然静下来，只剩我一个人的时候，孤单和寂寞立刻汹涌袭来，让人心里空落落的。这时门开了，齐济兴冲冲地走了进来。

"你不是回家了吗？"我又惊又喜。"接一下接一下，真没有眼力见儿！"她大包小包地卸下行装后，神神秘秘地说，"把钱扔在路上还不如吃进肚里呢，所以我就……看！"

"小龙虾！"屋子里立马被麻辣小龙虾的鲜香味充满了。

那是我有生以来第一次吃小龙虾，笨拙得无从下手，剥一只小龙虾就像是在和它掐架。于是，齐济手把手地教给我剥虾的全过程。"首先，找到小龙虾的第二节虾壳按压它，其次挤压虾身两侧，让虾壳和虾肉分离。最后将小龙虾的身体戳入虾头，拔出虾身。"齐济的一连串动作熟练极了，眨眼的工夫，壳和肉就分离得干净、彻底。

"张嘴！"她把虾肉递到了我嘴边。我像听话的小孩子一样大声地念了个"啊"，那又红又白的虾肉就立刻入了口，麻辣鲜香，鲜美嫩滑，让人欲罢不能。

"行了，师傅领进门，修行在个人。剩下的自个儿来啊。"于是，我开始自给自足，等剥到第三只虾时，我已经熟练到堪称"剥虾达人"了。"呵呵，不错不错，果然是吃货一枚啊！"齐济啧啧称赞。

美食总是能让时光变得特别美好。此刻，阳光照进来，满桌虾壳红得发亮，像一大捧花开在了桌子上。两人口有余香，胡乱地挤在一张床上，这种有人陪伴的感觉真好。

"完了！"齐济突然坐了起来。"怎么了？"我被吓了一跳。"忘发朋友圈了。""白吃了。"两个人齐声憨笑起来……

三

两个吃货凑在一起，有事儿没事儿就会找个理由吃点什么。考试考好了，吃顿肯德基，名正言顺地庆祝一下；没考好，吃顿烧烤，美其名曰激发斗志。高兴了，吃一顿渲染气氛；不高兴，吃一顿清扫晦气。最喜欢的是两人拉着手，在小吃摊上随便买点什么，边走边吃，把街角的每一处都藏进美好的记忆里。

然而，这样胡吃海喝的日子没过多久，一次体检中我被查出了胆囊炎。虽然病情并不严重，但可怕的是，医生给出的建议居然是以后一定要加强锻炼，清淡饮食，少食油腻辛辣的食物，多吃蔬菜水果。这个消息对于我来说，简直是晴天霹雳。

"老天为什么会这样对我？清淡饮食，啊，我感觉生无可恋了。"话音刚落，一个巴掌狠狠地拍在了我的屁股上。"不是还有我吗？瞎说什么？"或许是嫌那一巴掌的力度不够，齐济又狠狠地附赠了一个大白眼。

"只有你是不够的，我还要山椒凤爪麻辣烫，炸肠烤串汉堡包，这些还能吃吗？""现在当然不能吃了。不过，你注意饮食，好好锻炼，以后还能吃。"

四

于是，齐济自告奋勇地成了我的健身教练，每天晨跑30分钟是她对我的硬性要求。每天早晨五点半，上铺"吱吱呀呀"的声音便像是闹钟一样准时地把我从睡梦中闹醒。不出半分钟，我的被子就会被人一把掀起，然后整个人也会被不由分说地揪起来，我被拽着冲进水房，迅速洗把脸，接着就去操场跑道上投入了跑步锻炼中。

讲真，对于锻炼这件事，齐济的强势安排我打心底里是拒绝的，可她抓住了我的软肋，总会这样说：如果以后不想再吃烤鸡腿、炸鸡翅，就不要练了。于是，我立马像打了鸡血一样浑身充满了力量。

齐济的体育一直很好，所以陪着我一圈一圈地跑下来，她仍能面不改色心不跳，可我总是上气不接下气，累得浑身瘫软。于是，她的加油打气总是特别走心："又健康了一点，和肯德基又近了一步！"

有一段时间的早晨，我特别盼下雨，一听到雨水敲打窗户的声音就兴奋极了，马上用被子把自己包裹得严严实实。可是，齐济却仍然很准时地"从天而降"。"外面下雨呢，大姐！""没关系，今天找地方跳绳。"

后来，我就再也不盼下雨了，因为跳绳比跑步还累呢。

五

没错，在齐教练的严格把关下，我们的锻炼雷打不动，从未间断过。只有一天早晨，将近5点40了，齐济还没从上铺下来。我好奇地探头一看，她正皱着眉头，蜷缩在床上呢，一问才知是感冒了。

"今天你自己跑吧，自觉点啊！"她有气无力地嘱咐道。"放心吧，保证完成任务。"我给她吃了药、喝了热水，就独自跑了出去。偌大的操场，一个人跑步竟然有点寂寞，跑道那么长，一圈下来就没什么力气了。看来，每天有齐济的陪伴是多么幸福呀。

这时，从远处缓缓地走过来一个人。"不舒服就多躺一会儿，都说了我会自觉的，你还不放心吗？""不是不放心，吃过药感觉好点儿了，就是想看着你跑。""你对我这么好，我怎么回报啊？""别误会，不是对你好，是为了我自己。是想让你把身体快快锻炼好，咱们再好好撮一顿。"

是啊，这段时间齐济也跟着我一起开启了清淡饮食模式，烧烤、油炸食品她全部都告别了，说是怕我看见了眼馋。我常劝她偷着吃点没关系，可她总说一个人吃没意思，要等我好了一起吃。

<h2 style="text-align:center">六</h2>

我一直都在想，等好了一定要请齐济吃一顿大餐，因为她给我的太多了，我实在无以回报，而且这成了我一桩心事，让我耿耿于怀。直到在书上看到了这样的一句话，我才有一点释然：最宝贵的感情，都是超越交换的，含有无条件付出的成分。

齐济对我的好，正是如此。

解码青春期
心理健康课
趣味小测试
快乐聊天室

扫码获取

一盆君子兰，牵系着两位
护花使者的小欢喜

董　红

一

上午第二节课下课后，班级里只有我一个人。教室里充斥着浓浓的辣条味，我索性打开窗户，希望阳光和空气能把这怪怪的气味尽快赶跑。不一会儿，上课铃声响了，竟没有一个同学回来，我这才想起后面两节是化学大课，要去实验室，于是匆忙抓起书本，拿着鞋套，关上窗户就往外冲。只听后面"啪"的一声响，也顾不得回头看一眼，我就跑出了教室。

下午上课，我兴致勃勃地和同学们一边聊着上午的酸碱实验多么有趣，一边走进班级，看见班主任老张正沉着脸等待我们。大家小心翼翼地坐定了，老张便用手向窗台上一指，用严肃得不能再严肃的声音，问道："君子兰上的那根铅笔头被谁拿掉了？"

我们齐齐地望向窗台。说起这盆君子兰，不知什么缘故，在班里养了三年也不见开花，前几天竟破天荒地打起了骨朵。老张兴奋地说："这真是个好兆头，预示着咱班同学在中考这场战役中能打个大胜仗啊。"

在中考之前竭力开花，这盆花真配得上它的名字——君子也！大家都盼着它尽快地花开满盆。可不知为什么，那幼小的花骨朵却被分向两边的叶子的根部夹得紧紧的，像一对父母把自己的幼崽呵护到了极致，把它们抱得紧紧的，使得它们细嫩瘦弱的身体几乎透不过气来。于是，老张找了根铅笔头支在中间，硬生生地把两边的叶子顶开了点距离，让那些花骨朵有了喘息的空间。老张还多次强调，任何人都不许动那根铅笔，我们知道她要保护的不是花，而是一份希望与期许啊！

而此刻，那花骨朵仿佛被夹伤了，边缘有了一点淡淡的灰色。大家都紧张地提着一口气。

二

我的大脑快速地向几小时前追溯，离开班里之前那"啪"的一声，让我很容易想到，一定是我关窗户时不小心碰掉了铅笔头。可是，那时班里只有我一个人，也许不会有人知道是我，于是，我咽下刚要吐出的话，忐忑地坐在那里。那一刻，班级里静得连大家的呼吸声都能听得见。

索性站起来承认吧，我毕竟不是故意的，老张不会怎么惩罚我的，可是前两天我刚刚打碎了老师的水杯，也说不是故意的。再说，这花要真有个三长两短，我不成了众矢之的了？毕竟事关中考，在大家心目中，这不仅仅是一盆花的事情啊。于是，我又迟疑了。

"老师对不起。"这时，一个声音响起，大家循声望去，在靠近墙角的位置，一个同学缓缓地站了起来，是左慧。她说："是我上午拉窗帘时不小心碰掉的，因为着急上化学课，就没有再放上去。"这声音如同一记惊雷，在我心里轰然炸开。

"你怎么那么不小心呢？"老师的态度比刚才略有缓和。大家都知道，左慧是那种特别乖巧懂事又品学兼优的女生，老师不会太生她的气的。

"好吧，这盆花一直到毕业，就由你来照料，希望你能让它开出花来。"左慧站在那儿，认真地点了点头。我的心里忽地开出了一朵花。

三

事情表面上看就这样过去了，可是，大家清楚这个惩罚可并不小啊。虽然没人说什么，可每个人在心里都为左慧捏了一把汗。

从那以后，我便把左慧当成了最好的朋友，以报她的"救命"之恩。后来当我和左慧坦白，且感谢她的大恩大德时，她笑着说："如果不是你是别人，我也会站出来的。"我问她为什么，她说："平息老师的怒气，快速地解决问题，比事实更重要。"说得我自惭形秽。

后来，我也加入了左慧的护花使者的队伍里。我们一起上网查阅资料，了解到君子兰喜光但不耐晒，要放在通风又不被阳光直接照射的地方，光照强度太大时还要进行遮阴处理。至于君子兰要多长时间浇一次水、多长时间施一次肥的小知识，我们都弄得明明白白的。因为一盆花，我俩真的成了最好的朋友。

四

我周末买了一堆零食，打电话约左慧出去爬山，被她果断拒绝了。起初我还有点生她的气，怎么那么扫兴。被我问得不耐烦了，她才告诉了我事情的真相。原来，左慧还有一个小弟弟，刚两岁，每到周末她都要在家看弟弟。我问她："你妈妈不是一直在家吗？"她告诉我，自从她爸爸一个人去外地打工后，她妈妈就长年没日没夜地照顾弟弟，很辛苦。所以每到周末，她都会给妈妈放个假，让妈妈做自己喜欢的事，出去逛逛街、买买衣服、做做头发，或护理一下皮肤。"那你学习也辛苦一周了，也要休息啊？"我有点儿心疼她。左慧却说，逗得小弟哈哈大笑，看见妈妈依旧光彩照人，她感到很舒服，很开心。

突然想起我在家，每天嚷着学习多辛苦、多累人，每天爸爸妈妈围着我转我还嫌不够，时不时地还要耍耍小脾气。都是初三的学生，同样都有学业，可我的成绩和左慧相比，唉，简直不能同日而语。

这天早晨，因为和妈妈争吵了两句，我索性不带饭了。对于我来说，不吃饭不是惩罚自己，而是惩罚妈妈。中午左慧喊我和她一起吃，说正好今天的饭带多了。我俩挤在一个饭盒前，偶尔头撞到了头，便哈哈大笑。左慧带的饭菜特别简单清淡，她说她不舍得麻烦妈妈早早起来做复杂的饭，所以总说吃素要减肥，这样她妈妈做饭能更省事些。看着她瘦削的脸颊，我心里五味杂陈。

不过，让我很奇怪的是，妈妈怎么没来给我送饭呢？以前遇到同样的事，妈妈总是先服软的人，我心里明镜似的，只要她给我送饭，就说明这场战争她认输而我胜利了。可今天却一反常态。

放学回到家里见到妈妈，她什么话也没有说，态度还有那么一点冷淡。我知道妈妈还在生气呢，也不敢太任性了，脾气收敛了不少。

好多天以后我才知道，那天上午左慧得知我和妈妈赌气没带饭的事，她第一时间背着我用学校的电话打给了妈妈，同她说："阿姨放心吧，盈盈会和我一起吃饭。"左慧还对妈妈说，以后别把我照顾得太好、太周到了。

"是损友吧？"我翻着白眼骂她时，她笑得前仰后合。

五

功夫不负有心人，君子兰不负众望，终于开了花，整整12朵，开得那么热闹、那么喜人。面对中考，全班同学仿佛因为这盆花而更加自信满满，个个胸有成竹。而在这欢喜之外，我们的离别也悄无声息地拉开了序幕。

在毕业留言册上，我给左慧写了一句与众不同的话：愿你不要总是懂事，偶尔也自私一下。这是我真心想对她说的。而她给我的留言是：心里有一盆君子兰，想想你，花就开了。

其实，我也是。

- 解码青春期
- 心理健康课
- 趣味小测试
- 快乐聊天室

扫码获取

我们都有自己的世界，只是和别人没交集

✐ 阿　杜

一

十五岁了，我依旧是个矮矮胖胖的女生。每次照镜子，我都有把镜子砸碎的冲动。

有个男生嘲笑我："你长那么胖，还那么黑，真是丑爆了！"在众人的哄笑声中，我无地自容。我痛恨那样"当众打脸"的"玩笑"，但我又不能生气，还得假装大度地不去理睬。

我一直都是被嘲笑、戏弄的主角，可能是大家觉得我从不反驳，逗乐也没意思，慢慢地，就没人再作弄我了，同时我也就渐渐被所有人忽视了。不过，我很感激那段被人忽视的日子，我可以像个"隐形人"一样，自由自在地独来独往。

我的世界里几乎只有漫画和课本。有时连老师都记不住不爱说话，从不举手答题，成绩中等的我。虽然我很努力，但成绩一直没什么起色。写作业累了，我就翻翻漫画书，让自己有片刻的轻松心情。无聊的闲暇时光，我不喜欢外出逛街，我也不喜欢看电视玩游戏，唯有随心所欲地画漫画打发时间。

床底下塞着我收藏的满满两大纸箱的漫画书，还有一大摞我画的漫

画作品。很感激我的父母，他们从来没有干涉过我的生活。我的世界里，没有朋友，只有漫画。

二

新学年开始，我的后桌来了个新同学。那是个长相清秀、皮肤白皙的男生，很瘦，似乎一阵狂风就能把他吹走。可能是初来乍到吧，他总是一个人安静地坐在角落。

几个女生主动去找他说话，但他似乎不愿意搭理人。几次之后那些热情似火的女生就打起了"退堂鼓"，再不去招惹他。他叫简单，听同桌杨娟说，他是从其他城市转学过来的。

杨娟是个对任何事情都兴致盎然的女孩，很活泼。我们刚坐在一起时，她总在放学后拉着我跟她一起去逛街。她相中一件衣服就指给我看，问我意见。

我总说很好，她就有点烦了。我说的是真话，杨娟长得漂亮，身材又好，穿什么衣服都好看，不像我，什么衣服套在身上都难看。

路上，杨娟热情洋溢地跟我聊起当红的偶像明星，这个小鲜肉，那个老腊肉，我没一个认识的。见我一脸茫然的样子，她质疑地问："你平时都不上网吗？也不看电视？你连鹿晗、张艺兴都不认识？"我摇头时，脸倏地涨得通红。

三

我是太落伍了吧，但我确实没兴趣去关注那些与我毫不相干的明星，就算他们再帅也跟我没关系，毕竟我长得这么丑，连班上的男生都懒得看我一眼，那些远在天边的明星，我去关注他们干吗？

我知道杨娟是好意，她想让我融入她的圈子。每天一下课，总有一群女生围在杨娟身边，她们讨论时下流行的服装品牌，穿衣打扮的心得，还有近期走红的明星。

我也曾试着上网看一些娱乐新闻，但我总记不住那些面目相似的人，都很帅，我分不清他们谁是谁。慢慢地，杨娟就没再勉强我。我们是同桌，后来却很少说话，她每天呼朋引伴从不寂寞，我也正好落个清静。

杨娟也对后桌的简单热情过一段时间，但面对简单的无动于衷，她也没辙。我曾听到她对她的那群好姐妹说："坐在那个角落，我真是烦透了，连个说话的人都没有。"

想想她曾对我的热情，我觉得很对不起她。

四

简单从不主动说话，别人问一句，他才答一句。我是安静的胖子，简单是安静的美男子，这是杨娟说的，她还说，虽然都是安静地待着，性质却迥然不同。

考试后，大家才惊觉，安静的简单居然是学霸，数理化全都满分的他，一时间成了学校的焦点人物。大家在夸他时，我却看到了他的不安和烦躁，或许他并不想被人关注。

我的日子依旧过得很安静，只是初三了，身上似乎被一种无形的压力压得喘不过气。我已经很努力了，但成绩还是保持在中游，心里莫名诚惶诚恐起来。

有一天放学后，我又绕道去南山公园。我不想回家，不想写作业。

一下午考了两门课，我觉得要累瘫了。我要去南山公园喂喂流浪猫。很多孤单的日子里，我都会去。我觉得，和流浪猫相处是件快乐的事，我不必讨好它们，只要带些猫粮就会有很多猫围过来。

五

在我专心喂猫时，我的身后多了一个人。是他的影子让我注意到他的，转过身一看，竟然是简单。看我回头，简单羞涩地挠着头说："你也喜欢流浪猫呀？"他手里，也拿着一包猫粮。

简单主动开口说话，我愣住了，直到他也蹲下来给流浪猫喂食。"你怎么会来这里？"我轻声问，并不敢看他。"我住在附近，平时没事喜欢来这儿转转，这里空气好又安静。"简单说。原来离开教室后，他也不是那么不爱说话。

"我昨天来发现有只猫可能生病了，想给它带些吃的。"简单接着说。说起流浪猫，简单仿佛变了一个人，他的眼中是满满的关爱。

不知道为什么，我觉得和简单说话很舒服。虽然在这之前，我们几乎是零交流。十五岁的年纪，友谊的建立有时没那么多的规则。其实我们并非不需要朋友，只是很多时候，我们不知道要如何与人相处。

六

我喜欢看漫画书、画漫画，却不爱上网，不热衷明星八卦。或许是胖的缘故吧，我对穿衣打扮毫无见解，也知道自己长得丑，对身边的人总刻意保持距离。

简单也是个不合群的人，他和男生玩不到一块，他不喜欢运动，不爱打网游，只对漫画书有兴趣。可能是天赋吧，对学习不太热衷的他，却总能轻松考出好成绩。他不喜欢别人喋喋不休地问这问那，而是喜欢安静地想问题。

"我也曾觉得自己的格格不入很不好，于是努力想融入大家的世界，但很辛苦，表面是不孤单了，但我心里却更加寂寞。后来我想明白了，不伪装，不迎合，不勉强自己。我不喜欢被关注。"在我和简单渐渐熟悉后，有一天他这样告诉我。

其实我能明白，十五岁的我们并不害怕孤单，而是怕在迎合别人时，变得连自己都不认识自己了。我们都有自己的世界，只是和别人没有什么交集而已。

七

我和简单应该算是同一类人吧，就像同学说的，我们是奇葩。我们不懂得与人交往，不懂为人处世，而是习惯待在自己的世界里。

我们也曾感到寂寞，可是当我们试着融入别人的世界，说着言不由衷的话时，又觉得浑身不自在。

我们喜欢跟流浪猫相处，会把零用钱攒起来为它们买猫粮。在学习过程中感到疲惫时，翻翻漫画书就能得到片刻的轻松愉悦。

我们都不怎么喜欢说话，安静地坐在公园一隅，看一片片闪着"亮光"的绿叶，仿佛那就是绚烂的青春，即使这样，我们也能平静地度过寂寞的十五岁。

我们就这样离散在青春的风里

陈艳丽

你是暖风，亦是阳光

在那个紫藤花开的秋日，因为一次"乌龙事件"，我和杨小浅迅速熟络了起来。她给了我一段不敢回望的友情，但我一直记得，杨小浅，她曾是我最亲密的朋友。

那时，我和杨小浅分别是小学四年级三班和五班的语文课代表，常常在老师办公室相遇。有一次我上交作文，五班严老师突然对我抱怨："班里最近上课总有人讲话，大家作文写得敷衍了事，你帮老师督促一下。"我正迷惑，身后就有一个女孩的声音传来："严老师，您认错人了，我才是五班课代表。"我扭头一看，只见杨小浅脸通红，嘴紧抿，眼里带着笑意。严老师一愣，眼睛从镜片后面看看我，又看看女孩，随后一拍脑袋："哦，认错人了。"我和杨小浅相视一笑，之后严老师又说什么，我已记不清楚，只记得杨小浅和我走出老师的办公室之后，我们毫无顾忌地哈哈大笑了一阵。此后，我和杨小浅成了最好的朋友，只要课间休息就会去对方班级，相约一起去卫生间，一起坐在学校的矮墙上喝奶茶，一起在阳光下跑过长长的紫藤花架，一起送作业给老师。那时，杨小浅是暖风，是我眼里的阳光。

相互靠近的小确幸

我和杨小浅都是传说中"别人家的孩子"，常收获老师的赞扬。每当在自己班级听到老师表扬杨小浅，我会很自豪，内心雀跃不已，迫不及待地第一时间转述给她。

当时的我，毫不怀疑，我们会永远相伴，永远快乐地你追我赶，永远风风火火地跑过操场，甚至永远不会长大。

杨小浅也曾经问过我："我们长大以后会不会变？"我笃定地说："反正我是不会变的，我们永远是好朋友。"杨小浅夺走我手中的二次元漫画，弯曲起中指轻敲一下我的头，佯装老成地长叹一口气："唉，这么幼稚，谁要永远跟你当好朋友？"我抢过漫画，依然把它塞进厚厚的试卷底下，顽皮地赏了她几个白眼，嬉笑着回怼："你才幼稚。"

小学毕业后，杨小浅和我不负众望进入了本地最好的初中。更令人惊喜的是，我们居然被分到了同一个班级，并在分座位时，老师让我们成了同桌。

杨小浅，能不能别早恋

进入青春期后，我和杨小浅有了新的变化。

我喜静，喜欢阅读，什么类型的名著都看。杨小浅喜动，活泼的她主持各种活动，参加各种朗诵和歌唱比赛。她成了学校的风云人物，很快，我发现杨小浅谈恋爱了，准确地说，她早恋了。

那段时间，杨小浅总是悄悄地带手机来学校，自习课老傻笑，还鬼鬼祟祟发消息。我跟她说话，她也心不在焉。我随口说："老实交代，你早恋了吧？魂都被勾走了。"杨小浅吓一跳，手机摔到了地上，脸煞白，随后又涨红。她小声警告我："你别乱讲。"反应这么大，我知道这事十有八九是真的。果然，在我发誓保守秘密之后，她坦白，有个男生喜欢她，而这个男生是学校里赫赫有名的"坏学生"。他长相好，但成绩差，经常逃课挨老师批评。难怪那个男生最近常来我们教室旁边的走廊晃悠。发现杨小浅居然喜欢一个"混混"，我内心失望至极——杨小浅，能不能别早恋。

"是他？"我故作平静地说，"我不喜欢他。"杨小浅听了，对我眨巴着眼说："嘻嘻，我喜欢就好。"看来我的喜好，对她产生不了任何影响，那时视杨小浅为唯一密友的我还未意识到，我已逐渐退到只占她多彩生活的几分之一了。

但我还是会帮杨小浅打掩护，以为这样就可以维持住我们快要消散的友情。每当老师问起杨小浅去哪儿了，我总是回答：她生病啦，她去排练啦，她去上厕所啦……

然而，杨小浅"早恋"还是被发现了，老师请来家长，她妈妈到班里找我，满脸急切地说："浅浅好几天不见人了，手机也打不通。"并哀求我告知实情，我最终嗫嚅着说出了杨小浅常去的地点。

渐行渐远渐冷

第二天来到教室，我发现杨小浅剪短了头发，脸上和眼睛都红肿着。我猜，她一定很难过，哭得这么厉害。

我正想要解释，杨小浅却猛地转过头，她脸色苍白，一双眼睛盯着我一字一句地说："你告密！"我手心里全是汗，我沉默了，的确，是我在她母亲面前妥协了，是我告知了她常去的地点。课堂上，老师没有点名，只是委婉提醒大家不要早恋，并夸我成绩一直稳居年级前五。杨小浅突然"嗤"一声笑了，然后趴在桌上装睡。老师还在喋喋不休地"号召"大家向我学习，并痛心疾首地说："希望误入歧途的同学，一定要'洗心革面'，早日把心放到学习上来。"

从那以后，杨小浅没有了早恋迹象，但也与我彻底决裂，她一整天都不跟我说话，甚至也不看我一眼，但她会在下课时踢凳子、拍桌子，弄出很大的响动。她的一些朋友也开始对我很不友善，说我就是一个泄密小人，没义气。班里的同学也开始排挤我，没人再愿意跟我一组做任何活动，我的自行车经常被推倒。

某次老师又表扬我，杨小浅突然说"给第一名鼓掌"，然后班里响起稀稀落落的掌声，还伴随着笑声与怪叫……

某天，唯一搭理我的一个女生，提出让我帮她抄情书，我本来可以拒绝的，但我想到杨小浅，于是认真地在粉红信纸上帮她抄好。结果，这封信被班主任发现了，准确地说，是杨小浅挥手扔到了维持纪律的班主任脚下。班主任捡起来看了一眼内容，立即怒吼："杨小浅你给我站起来！这都什么玩意儿，你到底对得起谁？！"杨小浅站起来说："老师，这信是她写的。"她笑眯眯地坚定指向我。我下意识地站起来，眼角余光看到求我写情书的女生缩在座位上。我接受了老师的谆谆教诲，并保证交出思想改过书。

再见，再也不见

中考前的一个月，我回到小学，发现紫藤花已被连根拔起，紫藤架不见踪影，我和杨小浅，终究不再是吵架后马上就能和好的小学女生了。我们还是同桌，但彼此客气得每一句话后面必加谢谢，从前的事，我们不再提及。此后，我们考上不同的高中，上了不同的大学。后来，我通过同学和父母，辗转了解到杨小浅的情况。她高考发挥出色，考取了南京大学。我的大学生活中规中矩，无甚特别。

我很喜欢这段话——"成长的路上，总是点缀着各种各样的离别，当时我们坚信，离别是为了重逢，所以说了再见。其实世界太大。"

我和杨小浅，就这样离散在青春的风里，再见，原来是再也不见！尽管，我曾经那么用力地想要挽留住这一段友情。

那个赐予我夏凉冬暖的朋友

✐　晛　沐

一

和陈南生相识，是在我小学四年级的时候。

那时我刚从外地转学回老家，性格十分内向，在班上没有一个朋友，所以我妈妈拜托邻居陈阿姨的儿子，也就是陈南生，平时在班里多照顾下我。陈南生听他妈妈的话，每天都想把我介绍给他的朋友们。可我仍旧不屑于和同龄人玩那些无聊的游戏，每天一下课就打开《寓言故事》和《安徒生童话》来看，即使我这仅有的两本书被我翻得快散架了。

那天，我不知道怎么就惹到班里的小霸王了。午休时间，我枕着《寓言故事》睡得正香，忽然被他霸道地推醒，随即他抢走了封面上还流着我口水的书。小霸王嫌弃地瞥了我一眼后，把封面撕了，留下一句"我要看看这本书"，转身就走。表情理所当然得仿佛这本身就是他的东西。

望着比我高一个头的小霸王，我犹豫了三秒钟后还是自尊战胜了理智，起身跑到他背后，趁他没反应过来，从他手中把书抽了出来。小霸王恼羞成怒，重重地将我推倒在地，倒地过程中我还撞在了某位同学的课桌上。

这么大的动静吵醒了不少正在睡觉的同学，也包括陈南生。他走到我身边扶起疼得快要哭出声来的我，然后抡起拳头冲向了小霸王。虽然结果是他不仅没能帮我报仇还被小霸王暴揍了一顿，又被罚站了一下午，但我仍旧被他感动得一塌糊涂。

从那以后，我就成了陈南生的跟屁虫，他尽心尽力地带我融入他的朋友圈，还想方设法地试图改变我太过内向的性格。

二

2012年发生了很多事，我们已经上了初三，在传言的"世界末日"那天，我和陈南生面对面数完"倒计时"后哈哈大笑。也在那时，我因为身体原因办理了休学，我妈妈为了有人照顾我，把我送去了浙江的舅舅家里。

陈南生在放假的时候经常偷偷用手机和我聊天，他时常抱怨学业的繁重，埋怨我扔下他让他一个人上中考的战场。中考的前些天他打电话给我，我们从下午6点聊到午夜12点。末了，他哽咽着说："本来想着未来的很多年你都会在我身边陪着我，可是以后我读高一你才复读初三……我真的不想离你那么远。"

我笑着安慰他我一直在他身边，但挂断电话后，我被他这些话感动得泣不成声。

中考刚结束的第三天，陈南生背着他的书包顶着烈日去浙江找我。那年的浙江热得像一个火炉，气温一度蹿至国内最高，我们一整个暑假被关在房里出不了门。那段日子我们仿佛又回到了以前半夜一起看电影、一起听歌的时候。在那时，我们最爱的歌手是许嵩，最爱的电影是《那些年，我们一起追的女孩》。

某天夜里停电，空气闷热得让我汗如雨下，我在床上半梦半醒地翻来覆去。半夜，迷迷糊糊中我可以觉察到丝丝凉意——旁边的人拿着纸扇沾了凉水在给我扇风。这些凉意持续到我安稳睡着，直至今日我都能想起那个炙热夏夜里陈南生赐予我的清凉。

三

高考那年陈南生发挥超常，考去了上海，但我没能来得及分享他的喜悦，就因为我妈妈生病住院而一整个暑假在医院陪着妈妈。

陈南生放弃了自己的毕业旅行，每天和陈阿姨煲好汤来看我妈。每次陈阿姨离开后，他总是和我一起望着窗外发呆。我数着路过的行人一句话都不说，他也只是静静地陪我坐着。那时候的我以为，我们终究是败给了时间和距离，它们把我们从无话不谈变成相对无言。

妈妈离开的那天，我站在急救室的门外，消毒水的味道像锥子般刺入我的心脏。我穿着薄薄的外套，仿佛置身在寒冷的冬季，身体忍不住地打战。

直到突然被陈南生从背后抱住，然后听到他的声音："我来了。"他早上知道消息后，立即旷课从上海赶来湖北，只是为了在我最难过的时候给我一个拥抱。那一刻，我的眼泪再也抑制不住地奔涌。

陈南生还是记忆深处里的那个陈南生。

妈妈去世后，我就搬去了姨妈的家里，我和陈南生家同在一城，但位置一南一北，中间足足有40多分钟的车程。陈南生放假时去找过我几次，我那时一门心思扎在了高考上，没有领会到他好几次的黯然和欲言又止。他爷爷在医院熬了两个月后去世了，消息是姨妈转告给我的。我深切地明白那个和他一起生活了十几年的老人之于他是什么意义，可是在他那段难熬的时光里我甚至都没有站在他身旁。

我读大二那年生日那天，他突发奇想约我爬山看日出。我们凌晨4点出发，4月的气温在凌晨仍旧很低，我穿着薄外套被风吹得直打战，他无意间碰到我冰凉的手后下意识地脱下他的外套递给我，我没有接。那一刻我们停下脚步愣住了，他尴尬地收回了手，而我在那时才明白原来陈南生待我如此好，我感动之余也愧疚这些年他在这段友情里付出的一直比我多得多。

四

2020年，疫情缘故我被困在家里两三个月。道路解封后的某天下午，我出门买菜，结果把手机和钥匙都给锁在了家里，姨妈因为在照顾待产的表姐估计好几天不会回来。

因为疫情管控，家家户户都大门紧闭，我实在不知道找谁帮忙，坐在门口发了好久的呆。直到傍晚天暗下来，我望着路灯从北至南一盏盏亮起，闻到街坊邻居饭香四溢，顿觉十分难过。就在这时，有人骑着小摩托在街对面大声喊我的名字。

因为戴着口罩，我恍惚了好久才认出来是陈南生。他见我一下午没回消息和电话，饭也没吃就跑来找我。不知是因为感动还是激动，他将我带去他家的路上，我的眼眶还是湿了。

那几天像是又回到了过去的日子，白天我们玩儿同一台电脑，看同一部电影，听同一首歌，晚上我们彻夜聊天。

我们又谈到梦想。陈南生笑嘻嘻地说他不想工作，只想每天在他喜欢的城市里到处游荡。我心想这和他小时候说过的流浪没什么差别啊！但这次我没有再打击他的"中二病"，只是在心里默默祝福着他前程似锦，也悄悄许诺一定会陪着他一起去流浪的。

村上春树说：你要记得那些大雨中为你撑伞的人，帮你挡住外来之物的人，黑暗中默默抱紧你的人，逗你笑的人，陪你彻夜聊天的人，坐车来看望你的人，陪你哭过的人，在医院陪你的人，总是以你为重的人，是这些人组成你生命中一点一滴的温暖，是这些温暖使你成为善良的人。

在第一次看到这段话的时候，我第一反应是村上春树说的这个人对于我来说就是陈南生，就是因为他给予的温暖，才使得我成为一个足够美好和善良的人。因此不管未来如何，我都会将这些温暖重新传递给那个陪了我许多年的男孩，只愿在余生前行的路上我们能一直携手并行。

解码青春期
心理健康课
趣味小测试
快乐聊天室

扫码获取

卓玛，你是我见过最美的格桑花

✎ **流水冷然**

一个爱笑的藏族女生

还记得卓玛来的那天，班主任林老师领着她站在讲台上，她很羞涩地笑着，低着头怯生生地说："大家好，我叫卓玛，来自西藏贡嘎县。"

林老师接着说："以后，希望大家在生活和学习上多多帮助卓玛同学。卓玛，你就坐在王若溪旁边吧。"

于是，这个叫作卓玛的藏族女孩就成了我的同桌。

卓玛每天早上第一个到教室，把班上每个同学的桌子擦得一尘不染；放学后她还帮助值日生一起打扫卫生，也总是最后一个走。班上同学开始越来越喜欢她，我心里却很不是滋味。

我是学习委员，原来同学们有什么问题都会找我商量，现在他们一下课全都围在卓玛身边，众星捧月似的。我实在无法理解，这么个普普通通的西藏女孩，怎么就会抢走我所有的风头。

那天上地理课，老师在课上讲到了西藏的区位优势，让卓玛在班上给大家说说当地人的生活习俗。她讲得很生动，老师微笑着频频点头，那节课她出尽了风头。

一下课，大家一窝蜂似的围住卓玛，我在旁边涨红着脸，默写那些蚯蚓般细长的英语单词。

卓玛忽然转过头问我："若溪，你见过格桑花吗？"

同学们忽然间停止了吵闹，都等着我的回答。

我把文具盒往桌上重重地一拍，大声说道："没见过，没见过！你没看见我正在学习吗？"

同学们看我生气了，都悄悄退回了自己的座位。上课的时候，卓玛用胳膊肘碰了碰我，递给了我一张纸条：若溪，对不起！因为大家都说你是班里懂得最多的人，于是我就问了你，希望你不要生气。

我朝她低低地说："少来，你不就是想彰显你比我更见多识广吗？"

一场特殊的比赛

一天，老师告诉我们，市里要组织一次文艺会演，每个班级只能推荐一个节目，得奖的话，还有一笔数目可观的奖金呢。

谁都知道，我曾经在市里舞蹈比赛上拿过金奖。我想这次文艺会演，肯定非我莫属。可是，谁承想半路杀出个程咬金，卓玛也被挑中了。那次音乐课上，她声情并茂地唱了一首藏语歌，说实话，我十分震撼，她的声音干净辽远，顺着她的声音仿佛都能嗅到青稞酒的酒香。

之后，我和卓玛每天都在排练厅彩排，好几次看见她想要跟我说话，但是我总是一副冷冰冰的表情，她便也没再说什么。离会演的日子越来越近了，音乐老师也拿不准该让谁去参加文艺会演。

那天晚上，我和卓玛在排练的时候，我的脚底忽然一阵钻心的疼，于是我大声喊了出来。音乐老师急忙跑过来，问我怎么了。我脱下舞鞋，一个小图钉倒扎在我的脚心。

卓玛捂着嘴说："你没事吧？"

我一把推开卓玛，愤愤地说："你不要在这儿假惺惺的，肯定是你怕我和你竞争，在我的舞鞋里偷偷放了一个图钉。"

卓玛忙说："不是我，真的不是我。"

我忍着疼，说："不是你，还能有谁？"

我瞥见卓玛脸色苍白，脸上全是眼泪，蹲在地上一个人喃喃自语："真的不是我干的，真的不是我。"

音乐老师要带我去医务室处理，我赶忙随她去了。虽然音乐老师嘴上没说什么，可是我看得出来她很生气。

后来是我代表学校参加市里的文艺会演，最终，还得了个二等奖。

一份藏在心里的秘密

只是，会演之后卓玛再也没有来过学校，我旁边的位置又变成了空的。

林老师在班会上说："卓玛举家从西藏来北京是为给她的母亲看病的，她母亲病得很严重，家里又非常困难，为了不耽误卓玛的学业，我们学校当初才决定免费让她借读。"

林老师沉默了一会儿，接着说："她是一个自尊心很强的女孩，为了不让大家同情，让我答应她不把这些事情告诉你们。可是，后来这孩子竟给若溪的舞鞋里放图钉……"班主任没有继续说下去，语气里满是失望。

我更是愕然，没想到事情会是这样。其实舞鞋里的图钉是我自己放的，那是因为排练的前一天下午，我去办公室交作业的时候，刚要敲门，就听见了音乐老师的声音，她说："王若溪的舞蹈是很好，可是只有舞蹈的话，未免有点单调……"听到这些的时候，我抬起来准备敲门的手放了下来，我一个人躲在卫生间里偷偷地哭。最后，为了得到演出机会，我就想到了那个办法。任谁也不会相信，我自己会给自己的舞鞋里放图钉。

其实，我心里不是没有愧疚。只是后来去找卓玛的时候，她家早就搬走了。听隔壁一位和卓玛家比较熟悉的邻居说，卓玛的阿妈最终没有治愈，她们全家又回西藏去了。

一封盖着西藏邮戳的来信

七月的时候，我收到一封来自西藏的信件。

看到寄信人——卓玛！我的心里忽然一热。

打开信封的时候，我看见一朵紫色的花朵掉了出来，干了的花瓣简单地交叠在一起。

卓玛在信上说：若溪，我写信给以前的邻居，他告诉我你来找过我，可惜我已经回到西藏了。我想，也许你想告诉我关于图钉的事情吧，其实我早就知道是你自己放进去的了，因为当时音乐老师在送你去医务室的时候，我看见一个装图钉的小盒子从你口袋掉了出来。我知道，你也只是渴望参加文艺会演而已。我从没有怪过你，因为我一直都把你当成好朋友。看到我送给你的格桑花了吗？格桑花是青藏高原上最普通的一种野花，当夏季来临的时候，会在辽阔的牧场上满地盛开，它的美丽和朴素，装点了整个短暂的夏季。若溪，记得你说你没见过格桑花，所以寄一朵给你……

看完信，我的眼睛忍不住湿润了。我在心里说：卓玛，谁说我没有见过格桑花，你就是我见过最美的格桑花呀！

我们的天使，终没将我们抛弃

✒ 安　宁

一

如果不是我那天被老师嫌弃地撵出教室，也不会遇到邻班和我一样被罚站的丁小岚。当时，她不知羞耻地冲我一笑。一瞬间，我便知道了，在这个小城里，此后我不会孤单。

那节课后，丁小岚不等老师说完让她写检讨的警告，便飞奔过来，厚着脸皮将我抱住，说："嘿，安西西，你的'站'功比我厉害多啦，你瞧，我小腿都红肿了呢。"我低下头看她漂亮的小腿，原来为了骗取老师的同情，她故意掐红了一大片。我忍不住捏捏她不怎么可爱的扁平鼻子，说："丁小岚，放学后我们去吃凤梨冰沙怎么样？"

那节课的罚站，丁小岚"站"果斐然。用她自己的话说，是不仅利用自身魅力，成功俘获了我的芳心，而且还在脑海中设计出了修改一件旧衣为时尚式样的草图。

丁小岚毫不讳言自己在交友和衣服设计上的天赋，她说刚学会走路的时候，她就知道自己挑拣衣服，且懂得怎样打扮才漂亮。至于为什么已经17岁的她，还没有被任何一个男孩子喜欢过，更不用说收到过令人怦然心动的情书，她则一概略过，只字不提。

二

那一年的秋天，小城里大大小小的冰激凌店，都被我和丁小岚席卷了一遍，以至于店里的服务生，在街头看见我和丁小岚骑着单车呼啸而过，都会朝我们大喊："嘿，冰激凌女王，店里新上的香草奶昔，记得有空来吃哦！"这个称号，让我和丁小岚很是得意了一阵，好像自己真的成了加冕的高贵女王，住在金碧辉煌的宫殿里，可以不再有被老师当众呵斥的烦恼。

我们当然不是什么女王，连公主也算不上，因为拖了班级成绩的后腿，老师们对我们早已不屑一顾。明明知道我有绘画的才能，出黑板报偏偏不重用我；而擅长设计的丁小岚，也不比我好到哪儿去，在校园里热情地拍老师马屁，却依然被毫不留情地揪到办公室去，罚抄20遍英语课文。

但这样的烦恼，丝毫不能阻碍我们对于绘画和服装设计的热情。而对于即将到来的校园文化节，我们当然不会轻易错过。

三

校园文化节来临的那天，我和丁小岚早早地就守候在展厅的门口，看门的大爷不耐烦地说："回去睡一觉再来吧，那些作品早就挂在了墙上，跑不了的！"我和丁小岚相视一笑，很想骄傲地告诉他，我们的作品就是墙上作品的重要组成部分呢。

我们几乎逛了半个小时，才在展厅最不起眼的一角，看到我们上交的绘画作品。画上有两个天使，是以我和丁小岚为模特创作的，她们飞在半空中，眼睛明亮、笑容纯净、翅膀灵动，温柔地俯视着树木葱郁花朵芬芳的人间，一副跃跃欲试想要飞落下来的欢欣与喜悦模样。

观众不少，但大多集中在动漫人物、手工艺品等展品的周围，对于我们这个本就冷清的角落，丝毫不予关注。我看着偶尔经过的观众，有些失落，丁小岚却不停地打气说："放心吧，我丁小岚花费精力做的事，肯定会引起巨大的轰动。"

接下来我们的"行为艺术"时间到了，我们脱掉外套，穿上设计好的天使衣裙，又在头顶戴上精心制作的花环，背上插好透明的翅膀，将柔软的染成黄色与蓝色的头发散开，而后一脸羞涩地光脚坐在水竹编成的蒲团上……冷清的角落，果真在五分钟内，便聚集了几乎馆内所有的观众。

四

那个被策展人贴上的"天使"二字，早已被我们换成"天使降落人间"的鲜明标题。画上的两个天使，从头到脚，与我们的装扮，毫无二致。就连最细微的手腕上的一处胎记，都是一样淡紫的颜色。

人群里有人惊讶，有人指指点点，有人讪笑，有人则开始打听我俩的名字与班级。曾经教过我们的一个女老师小声道："这不是那两个经常被任课老师罚站的女孩子吗？这样自恋又招摇，怪不得不讨老师们喜欢。"而爱搞恶作剧的一个邻班男生，则站在人群后面，大声地喊："嘿，二位天使妹妹，千万别再飞回画中去哦，人间苏杭堪比你们的天堂呢。"

哄笑声一下子充溢了整个大厅，且将沉闷的展览瞬间推向了高潮。我的眼泪，则在高声喝倒彩的声音里，不争气地涌了出来。

最终，是策展的老师走过来，疏散了想要继续取笑的人群，并以维持展览秩序为由，软硬兼施地让我们收起所谓的"行为艺术"。

我看着将家里所有水竹都连根拔起才编成的蒲团，把丁小岚家旱莲开的花朵全都摘下才做成的花环，还有从丁小岚舅舅看管的文工团里偷来的天使翅膀，都被人如此粗鲁地对待，突然间就明白了，天使为何始终不肯生活在人间。

五

这一次失败的展览，让我和丁小岚在校园里名声大噪。每当我们结伴出现在校园的某个角落，总有人这样说："看，这就是那两个想要做天使的灰姑娘！"我们两个人被罚站的不良记录，排名倒数的成绩，迟到后老师们的斥责，甚至连丁小岚曾经写给班长的情书，都被八卦的人翻出来，当成饭后的谈资。

丁小岚依然是满不在乎，她在我要哭的时候，总是大大咧咧地说："嘿，安西西，别这么没出息好不好，你知不知道我们今年可是校园论坛上最红的姊妹花呢。"我看着她故意逗我的怪相，还有她自我解嘲的幽默，我忍不住一咧嘴，又哭又笑地将她抱住。

丁小岚的成绩，连她的父母都不再抱有希望，她在半年后，兴高采烈地办理了退学手续，去了一所职业高中，学习她喜欢的服装设计。而我，则被分到艺体班，梦想着可以通过画画的道路，走进一所三流的大学里。

班里关于我和丁小岚的八卦新闻，终于在一次全校的高考动员大会后，彻底销声匿迹。丁小岚写信给我，"委屈"地说：这些没有良心的人，怎么能够那么快地，就将曾经飞过人间的天使给忘记了呢？

六

之后的某个深秋的黄昏，我和丁小岚在小城新建的广场栏杆上，刻下了"岚岚和西西友谊天长地久"之类并没有创意的留言，当我们对着天边滑过的一颗流星许完愿的时候，被广场上的环卫工人逮到了，为我们留下的"劣迹"讨要罚款。

后来，我考入了一所三流的大学，学习深爱的绘画；而丁小岚，则喜气洋洋地进入一家民办的大学，继续为世间那些与我们一样平凡的天使，设计最漂亮的衣裙。

虽然在别人眼里我们永远不如考上了重点大学的人荣光，但我们心中的那个天使，却在半空中，微笑俯视着我们，自始至终，都没有将我们抛弃。

风吹过年少的紫荆花

麦淇琳

一

苏桃住的地方遍布紫荆花，每年的春天，满树的紫荆花开，一枝枝、一簇簇的花朵紧紧相拥，在岁月里燃烧得如火如荼。

微风吹过，花瓣离开轻颤的枝头，随风飘落，给人一种人生若只如初见的触动。

周六，苏桃去给父亲送完饭已经是中午一点多了。经过陈记饺子馆时，老板娘跟她打招呼："小桃，又给你爸送饭啦？"苏桃点头，叫了一声"张阿姨好"。张阿姨招手让她等一等，随即对店里帮忙的男孩喊："陈沉，给小桃装一袋饺子回去。"

陈沉是张阿姨的儿子，苏桃的同班同学。他们同住在虞人巷，不同的是苏桃从小在这里长大，陈沉一家则是几年前才搬到虞人巷经营饺子馆的。

苏桃的爸爸是在工地挣苦力钱的，前些年妈妈在家里操持家务。自苏桃上高中以后，课外培训费成为家中一笔大开支，苏桃的妈妈经人介绍，在邻市找了一份工作，两三个月才回来一次。

二

张阿姨同苏桃的妈妈交好，对苏桃自然格外关照。苏桃一边摆手一边跑："阿姨不用，谢谢了。"可陈沉动作更快，没几下就超过了她，他怕苏桃拒绝，硬把一大袋饺子一股脑塞给苏桃。

不等苏桃回应，陈沉转身就走，结果却被苏桃扯住T恤一角。他的T恤领口有些大，她稍微一用力，他的肩就露出来了。

苏桃未料到场面会如此尴尬，赶忙缩回手，他则匆忙整理衣领。"你怎么跑得这么快？"苏桃不自然地说。他忍不住笑了："你忘了，我可是学校的短跑冠军。"

片刻后，陈沉跑回店里，苏桃望着他的背影，不禁喃喃自语："是啊，你不仅是短跑冠军，还是鸟类专家呢。"是的，陈沉是短跑冠军，也是保护朱鹮活动的拥护者。

三

一次苏桃的妈妈从厂子里休假回来，给她带回来一部新手机。因为这部手机，苏桃的爸妈吵了起来，使得苏桃的心情一直十分郁闷。

那几日，陈沉像跟屁虫似的跟着她。吃过午饭，苏桃靠在紫荆树下，想到家里的烦心事，不禁轻轻叹气。

"送给你！"那是一个扁扁的长形的东西，用报纸的彩页包装得好好的。苏桃猜不出是什么。她甚至没猜到陈沉会送她礼物。"拆开呀。"陈沉催促着。

苏桃很小心地撕开包装的彩纸，好像力气大了纸会觉得痛似的。她先看见一个相框，难道是一幅装裱好的画？苏桃这么猜测着。一根浅粉色的羽毛赫然映入眼帘——鸟的羽毛？

四

"这是朱鹮掉落的羽毛，我读初中时失眠过一段时间，后来我痴迷朱鹮，失眠症就无缘无故消失了。现在，我把朱鹮的羽毛送给你，希望它能带你走出坏情绪。"

陈沉眼里闪着光，念念叨叨地告诉苏桃关于朱鹮的一切："你不知道吧，朱鹮是名满世界的珍贵鸟类，我们很幸运，只要用心等待，就能看见朱鹮飞翔的身影。"

那阵子，苏桃除了做题还是做题，根本不知道朱鹮是什么。她迟疑了一下，伸手抚摩那个相框，彼此相视而笑的那一瞬间，苏桃觉得陈沉是不一样的，当别人还在抱怨前途迷茫的时候，他就找到了属于自己的星光。

在学校，陈沉喜欢捡鸟粪的事早就让他成了班级里的"异类"。他一米八的大高个子要说被排挤也不至于，但暗地里没少收到同学们投来的鄙夷眼神。

没有人愿意跟他坐在一起，也没有人想听他的任何发言，面对这一切，陈沉仍然不为所动地坚持着自己的行为。

五

课后，苏桃在做数学题，陈沉兴冲冲地跟苏桃说："我今天看到朱鹮了，我跟你讲，它会用长长的喙整理羽毛，有时还会展开双翅，浅粉色的羽毛层叠在一起，便呈现出'朱鹮色'，这是飞行时有别于其他鸟类的另一道风景。"

很多时候陈沉去看朱鹮都是空手而归，苏桃便问他："今天没见到朱鹮吗？那不是白跑一趟了？"陈沉立即精神抖擞地说："不，今天朱鹮没来，这也算一个发现，也是我的收获，观鸟就是这样。"

可是陈沉的妈妈对儿子的这项喜好却唯恐避之不及，当陈沉第一次将朱鹮鸟粪带回家的时候，张阿姨一脸拒绝："陈沉，家是住人的地方，你把鸟粪放在家里，我们还怎么住？"为这事，陈沉没少跟妈妈起争执，也没少被妈妈叫去店里训话。

"每个人与生俱来的灵魂都是可以飞翔的，它有翅膀。只是我们都要经过一番艰辛的追寻才能找到属于自己的翅膀，所以我是不会放弃的。"这样的话，陈沉当然不敢明着跟他的妈妈讲。

苏桃隔着陈记饺子馆的窗子看见挨批的陈沉，他的头深深低着，嘴角却弯着倔强的弧线。他接受妈妈的训诫，也接受同学不屑的眼神，像忘却伤口的雄鹰，因拥有振翅高飞的目标而感到快乐。

六

时光不曾为谁停留，高三下学期，陈沉一改平日对学习的松懈，上课认真听讲，下课拼命做题。他跟苏桃讲，他想报考生物科学专业，继续研究鸟类。为了帮助他，苏桃拿出自己的笔记，每天都跟他泡在一起学习。

陈沉的成绩大跨步向前，第一次模拟考，他考了全班第16名，令很多人大吃一惊。因为这个"功劳"，苏桃越来越多地收到陈沉送的礼物，那是一张又一张姿态各异的朱鹮的素描图。

"我都好久没去看朱鹮了，等高考结束，我们去青岩山吧，那里可以看见朱鹮，特别美。"陈沉的这句话让苏桃的心里充满了向往。

高考结束后，原本争分夺秒的紧张生活，忽然变得松懈懒散。电话响了，接起电话，苏桃听到陈沉的声音："青岩山有朱鹮踪迹，一起去吗？"

苏桃挂了电话就去房间找衣服，收拾妥当就走出了家门。到青岩山的时候，雨一滴一滴地落下来，十秒不到，淅淅沥沥的雨已然把他们围困在一隅绿意之下。

七

苏桃被雨淋得正愁，陈沉却兴高采烈地说："快看，是朱鹮，天呐，你看到了吗！"

苏桃双手挡着被淋湿的头发，目光定格在半空中，两只白色的大鸟在空中飞过，黑色的长嘴尖端是朱红色的，翅膀后部和尾下侧部在阳光照耀下，透着淡淡红色的光晕。那场景如画一般，安静得不可轻易打扰。

陈沉转过头来与苏桃对望，那双隐藏着无限深情眷恋的眼眸里，好像闪着星光，烙在了苏桃的心里。

某个春日的午后，微风吹过，盛开的紫荆花就像一部唯美的电影，悄然落幕，紫荆渐渐褪去红色的外衣，壮实的枝丫静静地舒枝展叶。

苏桃站在紫荆深处，想起那个叫陈沉的追梦少年，他周身都是阳光的暖意，向她奔赴而来，成为她眼中炽热的恒星，让她在每个有风吹过的夜，都能瞥见人生去处的小小花朵。

风细柳斜斜，诗酒趁年华

董　红

一

热闹的夏天，老师的讲台上开满了红彤彤的大绒花。班级英语竞赛正准备颁奖，同学们都提着心瞪着眼翘首期盼，而我的心是平静的。也许同桌说得对，平时的努力总会让"好孩子"在成绩揭晓的那一刻，特别沉得住气。

一只小灰鸟站在窗棂上，好奇地向教室里张望。树叶"沙沙"作响，风姑娘进来瞧了瞧热闹，又在倏忽间悄无影踪。

最后一项是冠亚军领奖，并发表获奖感言。我听到自己名字的那一刻，小灰鸟已经飞走了，它又会在哪个窗口落下呢？我一边想一边走上讲台。

"谢谢老师的教导，谢谢同学们的鼓励，我会继续努力的。"我的获奖感言千篇一律，我的面孔出现在领奖台上，同学们早已不足为奇。老师总说我的优秀里应该增加一点点朝气，"好孩子"也要有青春的呀。

难道非得像夏萌那样吗？偶然得了一个亚军，便乐得露出了八颗牙。

只见她蹦跳着上了讲台，发言前先咧嘴笑了一通："没得过这么大的奖，有点儿小激动。老师，感谢您搭了擂台组织比武。兄弟姐妹们，承蒙各位手下留情。人在江湖，我会继续修炼内外功，准备好下次再战！"

两种获奖感言，相比之下效果立见分晓，我若是白开水，夏萌便是一杯橙汁。尽管我不喜欢她，但她有勇气把话说得这么大胆俏皮，还是让人佩服。

二

其实，我最不能忍受的是夏萌的短发，也许因为没有长发的提醒与约束，她完全失去了女孩子该有的稳重与矜持，大嗓门儿，人来疯。她尤其喜欢和男生混在一起，称兄道弟，打球耍酷。

夏萌骨子里的任性与执拗是大家有目共睹的。记得一次歌咏比赛，女生穿裙子，男生穿礼服。夏萌非要女扮男装，她说不喜欢被裙子拘着，死皮赖脸地求了一次又一次，最后，音乐老师居然同意了。说来也奇怪，虽然她性格大大咧咧的像男孩子，但和女生们相处得也不错。大家都说喜欢她开朗的性格，我也很好奇，在她的周边好像有一种磁场，那里总是充满热闹，充满欢笑。但在我这里，女孩子应该永远是水、是玉，因此，夏萌的糙与粗，总是被我拒之于千里之外。我总在想，中等的成绩究竟能带给人多少快乐，她怎么能保持天天笑口常开？她在学习这种最重要的事儿上，究竟能用多少心力？

周末我俩被老师安排去学校出板报，我出文科版，夏萌出理科版。

我早早地来到了学校，在偌大的教室里独自一人选内容、构图。凡事不求人的我，喜欢一个人奋战沙场，做个独行侠。实在觉得寂寞，我便塞上耳机听雅尼的《夜莺》，听贝多芬的《命运》。"唰唰唰"，在我看来，粉笔在黑板上留下的不是字迹，而是曲调和音符。半张板报出完了，我摘下耳机休息，这可真是累疼了我那颈椎、腰椎和尾椎。

一阵吵闹夹杂着《野狼disco》的低音炮涌进了教室，夏萌领着三四个同学来了。"咦，怎么就你一个人呢？"

193

　　说话间，她进行了一番简单的布置，"工程"便开始了。有画的，有写的，有勾边的，有涂色的，全程争执不停，笑声不断。我把耳机又塞上，调大了音量。教室里跳进了蝉，一只，两只，三只……

　　大约一个小时后，有人拍了拍我的肩："我们收工要去吃冰棍儿了，一起去吧？"夏萌的笑意仿佛凝在了脸上，我想她若是长头发一定会很好看。我摇了摇头，教室里又安静了下来。好奇地瞟过去，哦，难得理科的版面能出到这种程度，有趣味不枯燥，有思想不单调，看来设计者是用了心的。

　　"凉快凉快，吃完我帮你。"夏萌再次出现时，满脸是汗，她手里拿着两根冰棍儿，居然是我爱吃的绿豆味……

三

　　天气燥热难耐，题做不下去，诗背不进去。夏萌突发奇想，组织同学们打水仗，对于这种粗鲁的活动，身为"好孩子"的我自然是拒绝的，所以谎称肚子疼躲在班级里看书。可外面的热闹像一块磁铁，牢牢地吸引着我的眼睛、我的耳朵。一句"春未老，风细柳斜斜。试上超然台上望，半壕春水一城花"在齿间颠倒了十几个来回，还是记不住。外面的场景却看得清清楚楚，只见几个女生把一个男同学团团围住，一时间，杯、瓢、盆各种容器全上，立刻大雨倾盆。"哈哈哈"的笑声像一颗颗地雷在操场上炸开了花。

　　一不小心，在玻璃窗上撞见了一张开怀大笑的脸，不由得暗暗感慨，自己的这种笑已经好久不见。

　　"周冰，张老师找你帮忙批试卷。"一个同学进来喊道。"哦！"我拿着红笔跟在同学后面，心里竟然还猜着不知这会儿谁又成了"落汤鸡"。可这些和我又有什么关系呢？"好孩子"的标签像个魔符贴在了我的额前，挥之不去，焦躁和烦闷隐隐地涌进心里。

"哗！"刚走出教学楼，一瓢水兜头下来，燥热顷刻不见。抹了一把脸才看见，埋伏的人是夏萌，我知道，也唯有她胆敢设局试探"好孩子"的底线。全班同学都静静地立着，等待我的反应。

"让暴风雨来得更猛烈些吧！"一语既出，我立刻和同学们"扭作一团"……

四

初三，班级的气氛有些凝重了。除了学习，相互间不多谈别的。偶然和夏萌在食堂碰见，我们便总会心照不宣地坐在一起。

"这段时间使劲学习了，觉得挺苦的，真想知道你们这帮学霸是怎么日复一日、年复一年地熬着的。"没错，头一次看见她的脸上有了黑眼圈。

"以前会觉得苦，现在有了新的排遣方式并不觉得。比如，唱唱歌，见见朋友，吃两样美食，想一个人。"我狡黠的目光一下子被她捕捉。

"哈！还想劝你这种老学究放轻松点，别天天苦大仇深地辜负了青春。看来，你的内心世界丰富得很呀，还不快快如实招来。"

突然想起背过的那句诗"春未老，风细柳斜斜"。原来总是诧异那么细微的风拂过，垂柳的腰肢为什么还是依旧轻摆，不肯停下来。此刻终于明白，说到底，谁都有一颗蠢蠢欲动的心，时刻等待着那个能借得风力让自己释放的人。其实在我心里，夏萌便是我要等的那个人。她叩响了年轻的心门，唤醒了假睡的我，让我记得了年龄，再不负韶华，不负青春。

"试上超然台上望，半壕春水一城花。"放心，从此，我的世界里便是杨柳依依，花满城池，诗酒趁年华……

浸润华年的温暖，无处不在

辞花诗秀

一

"今日不做高考的斗士，明日便沦为补习班的难民！"斑驳的黑板一隅，写着这么几个斗大的字，张牙舞爪地狰狞着，似要吞噬每个人。

他缓缓地走进教室，不经意地瞥了一眼"倒计时32天"，一抹苦涩的笑不经意地浮现唇边。32天后的考试将会决定几百万人的命运！多可笑啊！一个人的一生竟押在32天后的考试上！押中了，你便是天之骄子；万一落空，对不起，明年再来。仅仅为了那两天的考试，他已经整整熬了十二年，十二年天天读教科书，写那永远也做不完的习题，背一大堆晦涩难懂的公式，他日夜担心的日子却不声不响地逼近。这时才觉得恐慌，终于知道自己习题做得不够熟，公式背得太少，多希望再延后一年去面对它。他没有勇气去拒绝高考，也缺乏信心去面对未来的战斗，整颗心就这么虚浮地飘着。

他好想遨游在文学中，但是一想到父亲那凌厉的眼神，便不自觉地退缩了……记忆中，他似乎从未和父亲沟通过，那一副不苟言笑、家长尊严不可侵犯的神情，从小便深植于他的心灵。每当受到委屈，母亲的坟前便是他发泄之处，他将一切的怨怼、忧懑，诉知渺在苍天的慈母。

好友林更成是登山活动队的骨干，也正为高考而忧心忡忡，早想找机会出去透透气，看到他一副失魂落魄的模样，便提议去参加活动队的露营。他实在很想参加，但父亲这一关，他知道绝对无法通过。几经思虑，加上林更成的推波助澜，他决定来个先斩后奏。

二

一路上，众人唱着、吼着、笑着，疯极了。高考压力下的他也不禁被这份喜悦感染，愉快地和友伴们闲聊。直到此刻，他才感受到原来世界竟是如此美丽，人生多么璀璨，以前的他，只是个自我封闭的傻瓜啊！

晚会结束后，他独自跑出去夜游，山间的深夜竟是如此寂静，没有尘世的喧嚣，偶尔几声蛙鸣划破无垠的幽夜；凉风习习吹来，吹得人四肢百骸都舒爽自在；泉水"淙淙"声轻轻地传来，听不太确切，却深深震撼着心灵。

残月在天边斜挂着，隐隐约约有些浮云遮掩。一个娉婷身影由远而近，终于在他面前停下，借着朦胧的月光，他略略地打量着眼前女孩，红衣白外套加上一条白色七分裤，使她看起来是如此耀眼活泼，脸上那浅甜微笑，更让人有亲切之感。

"一个人欣赏夜色啊？"她带着满脸的疑惑问。

"嗯！"他有点发窘地回答。

"你是……第一次露营吧？"

又是她先发问，他好奇自己的沉默。平常，他的口才在班上是数一数二的，可是一出校门和社会稍微接触，才发觉自己在言语表达上竟无法变通。在这里，没有咄咄逼人的辩论，不必严谨思考词语逻辑，只要随和就行。随和地问些话，轻松地回答着，便足以拉近彼此距离，

197

一起毫无心机地交谈、笑闹。他好想找个话题聊，偏偏越急越讲不出。

她一手支颐，晶莹的双眼望向远处："我好喜欢山，它的雄浑壮阔使人着迷，不像人类自私自利；入夜后的山又是如此神秘，一层薄雾轻轻地罩着，柔和的月色洒脱地覆盖着，它那飘逸又让人恨不得永远留在此地……你懂吗？"

他有点诧异地摇摇头："我想我是比较现实的那类人。"

她缓缓转过头，凄迷的月色洒在她身上，给人一种令人窒息的绚丽感。

"有一天你一定会懂的，看起来你蛮忧郁的，为什么？"

"没什么，高考快到了。"他抑住惊讶回答。

心思多么缜密的女孩啊！竟能一眼看穿他表面上的欢笑，多少日子以来的彷徨争执，他似乎已找到可以倾诉的知音，急急地想发泄一肚子的抱怨与不平。

她却先说了："其实，上了大学又能多学些什么？抱着吉他唱歌就是大学生的潇洒？或者是一头钻进爱情里，等到大学四年结束才发觉不过是双手空空地走出殿堂？真正的学问要靠自己去求取，而不是让师长强迫喂食，与其把青春花在许多无意义的课业学分上，不如自由自在地到各校各系去旁听有助于独立思考的学问。"

他低着头，这些事他也曾想过，只是家庭的压力……

"哦，对了，还没请教芳名呢。"

"戴琍丽。天气好冷，我想回去睡觉了。"

"那……你是否可以将住址告诉我？我想……以后能和你联络。"他有点紧张而急促地说着。

"嗯，好啊，我住在安定路504号。"

三

一回到家，凝重的气氛立即压得他透不过气。

"跪下！"一声怒喝震动了他整个神经。"说，昨晚跑到哪儿去啦？"

"露营。"

他昂了昂头，语气镇定地回答着。心中虽七上八下，但他想，这次的露营有利无害，因为他发觉，现在有股念书的冲动，无聊与烦闷已经远离，父亲如果知道，应该也能谅解。

"什么？"父亲的语调倏地提高，脸色青得吓人，一手指着他，身子气得发颤："剩下几天就要考试了，你……你还敢去露营？"

说完，几个火辣辣的巴掌迎面而来，他默默地跪着，任由父亲拳打脚踢，他的身子壮，他想他承受得住。

"不孝子，养你这么大，就指望你考上大学，没想到你这么没出息。"父亲越打火气越大，索性拿起木棍，没头没脑地猛击而下，口中不住骂道："打死你算了，跟你妈一样早点死，省得烦我。"

他猛地站了起来，两手紧紧抓住木棍，眼睛似要喷火般瞪着他父亲："不要骂妈妈，就因为妈死得太早，我才会想脱离这个没有温暖的家。爸，你怎么打我都可以，但是你不可以骂妈妈！"

这突然的举动让父亲愣住了，他趁机一把推开父亲夺门而出。外面正下着雨，他迷迷糊糊地奔跑着，不管父亲在后面的呼叫声。雨越下越大，他在狂风暴雨中没命地跑着，那一颗颗豆大的雨点像针般刺得他疼痛不堪，但他依旧咬着牙向前奔。

四

似乎是冥冥中注定，他竟然不自觉地来到只听了一遍就记住了的地方：安定路504号。停住了脚步，他惊讶地发现，这是一处豪宅，独门独院的复式楼，鎏金的外墙显得那么高贵奢华……

或许那个女孩能了解他心中的痛楚，但是，他和她只不过是萍水相逢，而且，她家……颇犹豫了一阵子，他才伸手按下门铃，对讲机里响起女子温柔的声音："喂，找谁？"他的心猛地跳了一下，会不会就是她？

"哦，请问戴琍丽在不在？"

"你找琍丽啊，她睡了。你有什么事儿，我可以转告她吗？"对讲机里面女人温柔地说。

他脑子一片空白，支支吾吾地说："不用了，没事，没事。"

大雨倾泻而下，"轰隆"作响的雷声，都似乎变得不那么刺耳恐怖了。因为一个人的存在，让他冰冷的心涌起暖意。这温暖，将浸润华年，无处不在。

仲夏夜，双子座流星划过天际

浮海沉鱼

一

仲夏夜的流星划过天际，在夜空的尽头，扫过一抹绚烂。夜，安静至极。一场暴雨倾盆而下，冲破夏夜的闷热和焦躁。

康璃伏案整理着崭新的课本，对于进入高三改学文科这件事情，他以成年人的视角，已在脑海中进行过无数次的斟酌思考。明天即将到来，一场前所未有的殊死战斗将在破晓之后到来。

"不管路途多么艰险，我都要挺过去，跨过高山海洋，前方一望无际的就是坦荡开阔的平原。"躺在床上的康璃在心底暗暗告诫自己。

雨声淅淅沥沥，时大时小，如奏鸣曲般在天地之间婉转回荡。伴着这雨的歌唱，康璃渐渐入梦。

二

"丁零零，丁零零……"第一节课的铃声响过耳畔，正式吹响长征的冲锋号角。

"大家好，我叫康璃，来自理6班。现在决定加入文10班这个大家庭，与大家一起同舟共济，奋战高考。"康璃铿锵有力的声音回旋在教室上空，每一个人都瞪大眼睛，带着好奇感，目视讲台前这张崭新的面孔。

"欢迎康璃同学……"班主任话音未落，教室内响起一阵热烈的掌声。"康璃同学，你就坐在这一组第二排的那个空位上。"班主任伸手示意康璃。

一切井然有序地进行着。高三如约而至，前方充满未知的挑战。康璃的新同桌是班级数学成绩数一数二的秦子凡。他成绩虽好，却从不注意打理自己，乱蓬蓬的头发给人以极其强烈的视觉冲击。而康璃，却不介意这位邋遢的同桌，他更多看到的是秦子凡的闪光点。

"子凡，你好。以后有不懂的地方，还希望能向你请教。"康璃诚恳地看着秦子凡。"嘿嘿，大家共同进步，取长补短。"子凡乐呵呵地笑着说。

进入高三以后，康璃始终谨记自己在那一晚告诫自己的话。每天早早起来晨读，晚上则是戴月而归。对于周遭世界发生的种种事情，他从不在意。因为繁重的学业，让他无暇去结识班级里那一张张陌生的面孔。

"同学，可以问你一道英语题吗？"一个女孩儿轻声细语地问康璃。他微微抬起头，以炯炯目光打量女孩儿，然后点点头。他认真仔细地为女孩儿解答题目，时而眼神示意她是否听明白。

解答完题目，女孩儿喜上眉梢，淡淡地说了一句"谢谢你"便转过身去。康璃正准备低头继续专注于课本，女孩儿回过头，笑盈盈地看着康璃，"忘了自我介绍，我叫沈萱。"康璃笑了："嗯，我知道了。很高兴认识你。"她轻轻转过头，发鬓间残留的馨香随风飘散。

稍弱的英语一直给沈萱添了不少烦闷，而遇到康璃无疑是幸运的。此后的日子，俩人之间形成默契，彼此成为各自通往高考路上最好的学习伙伴。

三

一模成绩在腊月放榜揭晓，高三年级的同学蜂拥至光荣榜处。无数张面孔里，有展露笑意的，有面带苦涩的，也有沉默不语的……高三征程的艰苦与荣誉交替充斥，每一个人都在心底暗暗期许来年6月的鸿鹄高飞。

"不错嘛，康璃。跨入年级前50名了，重本有望！"秦子凡从人群中挤过来，轻拍着康璃的肩。

晚自习下课，外面飘起了雪。"下雪啦，下雪啦！"从教学楼走出来的同学们，抑制不住喜悦尽情地欢呼。雪花的到来，给处于沉闷学习中的他们带来了一丝情调，更让他们尽情地放松了一次。康璃骑着他的"白旋风"奔驰在回家的路上，学校门口的人行道上，熙熙攘攘的放学人流，每隔5米左右的距离，就会看见有同学抢起手里一团雪球，说时迟那时快地砸向身边同学，转身就跑。

下雪的日子，仿佛过节，充满无限欢乐和喜悦。骑到一处红绿灯路口，康璃顺势下了车。黑影里，一个熟悉的身影出现在那里。"沈……萱？怎么是你啊！"康璃一脸惊讶迷茫，瞪大眼睛望着蹲坐在路口的女孩儿。她见状，忙抹拭眼角，惊慌失措地起身站立。

"啊，康璃，你怎么在这儿？""我正好经过这里。沈萱，你是不是哭了？有心事儿？"康璃一脸疑惑的表情。"让你见笑了。祝贺你一模取得好成绩，而我……嗐，不值得一提。"沈萱脸上布满苦涩、失落的笑容。"不管怎样，只要不放弃，成功就一定指日可待。"康璃挥起胜利的拳头。

红绿灯斑马线，康璃和沈萱一起迈向回家的路。前方，漆黑夜幕里，霓虹灯闪烁的亮光，指引少年追逐梦想。那次一模，沈萱仅仅考了年级第300名，距离重点大学遥不可及。巨大的失败阴影埋在心里，形成一道难以缝合的伤口。

后来，学校组织高三年级去城郊的若榆山春游，为高考学子放松减压。若榆山上处处好风光，站在山顶的寿峰石上，能饱览全城美景。

站在山头，康璃伸出手，拽了沈萱一把，她才攀上寿峰石。气喘吁吁的沈萱擦着额头淌下来的汗珠，说："山真高，为什么一定要爬到寿峰石才算真正登顶？""因为，这里可以遍览全城最美的风景。当然，它也是上天馈赠最努力的人的一份礼物。"康璃充满哲思地说道。

"沈萱，你知道吗？双子座流星雨将会在7月降临。咱们约定，录取结果揭晓的那天，一起来这里看流星雨。"他翘起小拇指，和沈萱拉钩。

春日的阳光泼洒下来，若榆山上花儿、草儿在阳光的恩泽里，焕发生机。

四

如梦如幻的6月，在许久的期待中真正来到。考场上，康璃奋笔疾书，汗水打湿少年的衣衫。他的梦想也将在汗水的铸就中渐趋成形，梦想成真的那一天，他一定会笑得格外灿烂。

而此时，飞机场的登机口，沈萱拖着沉重的行李，一步一步登向机舱。6月，这场青春谢幕的告别典礼，她选择错过。那些流汗流泪的日子，那个与康璃之间的约定，都会随飞机划过天际，留下一道白练而烟消云散。

一个月之后，高考成绩揭晓。康璃不负众望，以650分的高分被复旦大学录取。被录取的那晚，他直奔若榆山，他记得和沈萱之间的约定。

"嘟嘟"，一条短信。康璃掏出手机，打开。"康璃，对不起。今晚若榆山的流星雨，我不能陪你一起看了。一模失败的阴影让我一直没有勇气直面现实。若榆山上最美的流星雨，应该属于你这个成功的人。当你看到这条短信，我已经在爱达荷的公寓准备新学期的课程。"

康璃哭了，在那一刻，他才真正觉得青春像一列火车，穿越千山万水，不曾知晓谁会下车。

"嘟嘟"，短信再次传来："你很优秀，谢谢上天让我遇见你，这一程的失败，并不预示人生就此沉沦，而今后人生，我会学着像你一样，成为一个永远勤勉努力的人。"

康璃关上手机，一个人坐在寿峰石上，盯着黑沉沉的天空，抹去眼泪露出灿烂的笑容。

- 解码青春期
- 心理健康课
- 趣味小测试
- 快乐聊天室

扫码获取

终会有小小树苗，长成参天大树

槃　宁

一

夏末秋初的好时节，学校的新教学楼迎来竣工，学校通知每个社团好好准备招新，校方要拍进校园宣传片为学校增光添彩。

我和小娅用一个课间逛完了宣传栏上画得五彩斑斓，实则平平无奇的所有社团介绍，我也不知道这念头是从哪里冒出来的，突发奇想道："要不，我们自己创办个社团吧？"小娅头也不抬地把我往食堂拽："你这想到哪儿说到哪儿的毛病什么时候能改？"

我咽着口水没接她递来的那串被烤得冒油、飘着香气的肠，表决心道："我说真的，我们学校只有那些常规的文学社、漫画社什么的，去年我们不就是觉得无趣才没参加吗？"走出食堂，风从操场吹来，混着阳光的气息，远处踢足球的少年飞起一脚射门，明明一切都那么灿烂，"我就是觉得，中学不参加社团，我会有遗憾。"

许是我难得正色，小娅愣了一下，摆摆手："新学期就分文理班了，学习太紧张了，要弄你自己弄。"我点点头，她又补充，"社团审核也不容易通过吧，你想创办什么社？"我一下被问住了。

幸好上课铃打响，打断了我瞬间涌起的迷茫。课上，老师让我们做练习题，我一走神就在草稿纸上划拉起来：舞蹈社、复古社、乐高社……每个我都有点兴趣。社联部长是小娅表哥的同班同学，小娅帮我要来了社团申请表，还悄悄跟我透露："学校不是要拍宣传片吗，听说这个月申请新奇的社团会特别好通过，你抓紧。"

"真的？"我握皱了申请表，却迟迟没有下笔。这些社团，每一个都离我说不清道不明的理想社团，差了那么一点儿意思。

二

按照规定，确定创办的社团类别后，要先招满10个社员，划分好社团内每个人的职务，列出表格，再开展一次有意义的、有30人参加的活动，写成报告上交，最后由社联部长、年级主任审核通过，签字盖章，社团才算正式成立。

时间并不充裕，可第一步我就卡壳了。我绞尽脑汁地想，还在网上搜遍了社团，但就是没结果。屋漏偏逢连夜雨，期中考试成绩公布了，我向来骄傲的语文成绩被主观题拉得惨不忍睹。

而我看不出我的答案有什么问题，就像想不出自己到底想要一个怎样的社团。一时间，我仿佛在伸手抓雾。大课间时，我一个人焦虑地在学校里胡乱走着，忽然闻到了草木的香。

有些清新，带一点儿干净的涩和一点儿让我心情放松下来的温和的香，而眼前那抹绿，也把红楼、红操场衬得艳而不腻。一瞬间，我抓住了那抹飘着植物香的雾——就创办植物社吧，包容、有生命力，既健康解压，又新颖，真是得来全不费工夫。

三

讲义气的小娅还是直接挂名了副社长，但没想象中那么简单的是高三生不被允许参加社团，高二生本就有不少人加入了社团，再加上忙碌的学习，我和小娅费了一天的口舌，才拉拢来3个同学。

她还想再继续，我拉住她说："算了，也不能只有空壳子。"我是真心想做好它。我咬咬牙，拿出了身上所有的钱，一放学就跑去花鸟市场挑选了60盆多肉，让老板送去学校门口。

我艰难地用书包和校服遮掩着，悄悄搬到操场后面没人去的小角落，来回六七趟，累得我筋疲力尽。回家又赶着做了张宣传海报，毕竟我连打印的几元钱都掏不出了，只能偷偷用家里的。

第二天，我鼓足勇气，特意选了早操结束后的大课间，挨个给高一高二每个班级送多肉，我知道这个时候大家不会太忙，而且班级门口人来人往。大概是太想做好了，有些社恐的我，竟然都能在每个班门口随便拉住一位正要进教室的同学，开始宣传："同学您好，我想创办植物社，急需社员，现在送你们班两盆多肉，帮我号召一下你们班同学呗，海报在这里。"

我一手拿海报，一手拎着多肉，好在这次没让我失望，大家果然对那些好笑的"屁股花"、晶莹剔透的玉露喜欢不已，连连高呼可爱。等我放学回家，看到QQ闪烁不停。

随之铺天盖地而来的，是无数问题，诸如为什么要创办植物社、社团平时做什么、以后还有免费的多肉领吗，等等。我一个个耐心解答，这一过程中竟然将社团创办思路想了个完整——创办植物社的目的是让大家能放松心情，更接近大自然，偶尔开展跟植物有关的公益活动，也可以和大家一起学习如何照顾这些青翠可爱的生命。

四

三天后，进群的有29个人，有人甚至主动说自己喜欢算账、喜欢拍照宣传，想在社团有个职务，我一一应允，让大家线上填了社员表。我心想正好本市的花博会最近免门票，带所有社员去看一次，就能彻底完成申请条件上的任务了。但正准备下达通知时，小娅提醒我："你写学校社团的校外活动申请了吗？"我一下蒙了。

这段时间虽然累，但也还算顺利，以至于我忘了校外活动会有危险性，要做许多准备。小娅找社联部长帮忙，部长直接出主意："今晚放映厅没有活动，我可以给你特权，你们进去看个纪录片就行，记得拍张合照。"

于是又是兵荒马乱的一天，我每个课间都去挨班通知晚上的活动，怕有社员有事来不了，我在午休时采来几种小野花，编成戒指或手环，活动开始后，就摆在放映厅门口的小桌上，路过的同学只要进来看完便可以领一个。谢天谢地，最后合影热热闹闹，有四十多个人。

活动完成当天晚上我就做全了所有资料，社联部长那儿当然没问题，但老师那里就两说了。我又等了两天，社团申请还没批下来，学校的宣传片就开拍了。我满腔的热血一点点凉下来，一想到之前的心血可能全都白费了，我的心就疼起来，难过得都哭不出。

五

我又去操场看植物放松心情，安慰自己，即便创办不了社团，这段经历也很难得呀。或许那些植物也想助我一臂之力，等我心情好了一些回到班里，小娅拿着一张纸在我眼前晃了晃，我定睛一看，抱住她"啊"的一声尖叫起来，是盖着章的社团审核通过书！我就这样拥有了一个小小社团。

那一学期，我带社员们养了一百盆植物，也学了不少植物的知识，更看到了不少花开的过程，但很快，课业繁重起来，我只能让贤。第二任社长家里开花店，她比我更懂植物，还在校庆时用植物装点了校园，让植物社着实火了一把。

于是那几天，我恨不得逢人就夸植物社，小娅白了我一眼："瞎嘚瑟什么，这是别人的功劳。"我昂起头说："那就让我分一杯羹吧。"毕竟是我种下的种子啊，看它发芽，长出枝丫，因为它悲喜，又对它充满期待。即便不能陪植物社长成大树，也拥有着巨大的成就感。

这就是完成一件事的美妙吧！人生路漫漫，如果能完成许多件这样不算太小，又有些许意义的事情，那么生命将会熠熠生辉。

长夜将尽，你是微光

✎　花　崖

一

　　他叫沈源，是一个养蜂人的儿子。养蜂人要追逐花期，四处迁徙，他却留在家乡，因为要念书。

　　父亲很爱护那些蜜蜂，看蜜蜂的目光比看他还要慈祥些，有时候会不戴护具整理蜂箱，看得他心惊肉跳。记忆里他小时候被蜜蜂蛰过一次，发出尖声惨叫。父亲带他去了卫生站看医生，但从此貌似有点嫌弃他，不再让他靠近蜂箱。

　　沈源知道，在父亲的心里，他永远都比不上另一个人。他自己也这样认为。

　　那个人有日晒下黝黑的面庞和劳作中练就的健康的体格，永远把他保护在身后的阴影处，告诉他：有人欺负你别怕，要打回去。

　　那个人有明朗的笑容和泼天的胆量。每次去和父亲采蜜，身处蜜蜂群里却从不畏惧，还总吓唬他说，不听话就指挥蜜蜂把他蛰个满头包。

　　沈源是个很弱的男孩，他会在心里说，我不如你，但我很爱你。

二

　　沈源很小的时候就会自己照顾自己，他最爱吃的是蛋炒饭，因为很便捷，隔夜冷饭加金黄炒蛋，撒点碧绿小葱花，香喷喷。他在心里默念：你走以后，我终于会做一碗还不错的蛋炒饭了。书上说，一个孩子的成长需要五万次拥抱。而沈源的父亲，在一年里为数不多的相聚中，甚至没有主动拉过他的手。沈源不知道是因为父亲不喜欢自己，还是因为父亲在怪罪自己。

记忆里掌心的温度永远来源于另一个人，但那个人在家里了无痕迹，没有人提起。

她叫许微，人不可貌相，是一个在课余学自由搏击的女生。

因为性格乐天，很受女生们的喜爱，常常一堆人围着她，兴致勃勃地聊天。

在沈源眼里，许微是一只漂亮的"鹤"，立在"鸡群"里的那种。

三

男生们显然也注意到了这一点，他们也常常讨论她，在她们结伴而行的走廊上，在没有老师的自习教室，在热火朝天的体育场，但他们的讨论很肤浅，基本局限在究竟有没有人会喜欢一个很漂亮但是会自由搏击的女生这一点。

他们甚至在打赌，赌注无非是买一个月早饭，扫一个月宿舍厕所之类。沈源很厌烦他们的讨论，但是从来不敢说。

由于许微很厉害，不是一般意义上的花拳绣腿，得罪了她可是真的要吃拳头的，所以男生们虽然存了挑衅的心思，但没有谁真的敢去行动。

于是男生们想了一个坏主意，他们找到沈源。"你去，给许微写封情书，要是她回信了，我们就每人买一瓶你家的蜂蜜。"沈源嗤之以鼻："无聊。"

四

课间的时候，沈源路过许微身边，听见她们在讨论贝加尔湖，当然不是有关那首优美的歌，而是真正如人间仙境般的西伯利亚蓝眼睛。

沈源心想，何必舍近求远，在我心里，你的眼睛，才是最漂亮的西伯利亚蓝眼睛。

沈源真的写了一封信，但他并没有投递出去，与其说是写给许微，不如说是写给自己。

他在信里写：我怎么可以妄想你用那双眼睛望着我，我是有过错的人，唯有你才可以原谅我。沈源想，还有二百一十七天，等高考完，离开这里，我就解放了。

其他人都惧怕高考，只有沈源，以一种奇特的心情期盼着那场考试的来临。

可是没过多久，那群男生又开始躁动不安，谣言像苔藓，从墙缝里细细密密地生长。一切源自他们打的那个赌，少数人说他们赢了，是有人会喜欢那种女生的，比如沈源就是喜欢许微的。多数人当然不服气，让他们找到证据。

五

学校后墙有一块野草地，不知道什么原因一直无人清理，一天许微路过，看到了被推倒在地的沈源，她只挥挥拳头，就赶跑了那些欺负他的男生。沈源看见，其中最嚣张的一个，此刻正落荒而逃，跑得像只逃命的臭鼬。

许微看了看沈源的脸，目光扫过他嘴角的划痕，从口袋里拿出一只唇膏，认真地涂抹在他干裂起皮的嘴唇上，那是他们此生最近的时刻。

沈源的耳朵产生了幻听，有蜜蜂扑动翅膀的声音、小时候自己的尖叫声、那个人爽朗的笑声，同许微的声音在这一刻一同响彻在他的耳边。

许微说："你想学自由搏击吗？这样你就能自己打败一切，我教你。"

沈源愣愣地没有反应。

许微又说："你的事，我多少听说了一些，你很优秀，别被那些突如其来的打击压垮，放过自己。"沈源感觉自己像被雷电击中，开始放声大哭起来。

六

距离高考还有两百天的时候，人们惊奇地发现，每天早上六点，操场上都有两个奇怪的身影，他们精神奕奕地跑着圈，有时候嘴巴里还在喊着"一二三四。"

只有体格强健起来，精神上才会无所畏惧。沈源说不清自己越来越像许微，还是越来越像那个人。

考上大学的那天，沈源什么都没有做，他踱步在夜空之下，反反复复背诵着海子的那首《日记》。

姐姐，今夜我在德令哈，夜色笼罩
姐姐，我今夜只有戈壁

草原尽头我两手空空
悲痛时握不住一颗泪滴

姐姐，今夜我在德令哈

这是雨水中一座荒凉的城

除了那些路过的和居住的

德令哈……今夜

这是唯一的，最后的，抒情

这是唯一的，最后的，草原

我把石头还给石头

让胜利的胜利

今夜青稞只属于她自己

一切都在生长

今夜我只有美丽的戈壁　空空

姐姐，今夜我不关心人类，我只想你

七

沈源有一个姐姐，在他很小的时候走丢了，因为小时候的沈源闹着要去集市上买一串糖葫芦和一本小画书，她带着他去，他站在原地哭，她却没有回来。

姐姐是父亲的骄傲，父亲从此开始了一场漫长的寻找。

对于有些人来说，青春是肆意生长，是洒脱浪漫的，而对于另外一部分人来说，青春里只能拼命学习，甚至提前感受到了生活的残忍。

这些人没有时间去关心哪部漫画更了新番，哪个明星演了新电影，隔壁班的女孩子是不是穿了一条闪闪发亮的裙子。

他能关注的，是厚厚的习题册是不是打八折，成绩榜上自己的名字有没有排在更前面一些的位置，还有那个像姐姐一样的女孩子，是不是活得潇洒。

因为他知道，自己身无长物，唯有胸腔里一口吊着的气和心脏深处一点微弱的火光，那口气支撑他走过白日里的庸常，那光火指引他眺望深夜里的理想。

改变命运的机会，一生只有一次。而那寒夜里的微光，才是永不干涸的希望。

"卡门"的曲折心事

✎ 孟佳林

一

苏小格长得并不漂亮，却固执地喜爱表演。妈妈总会说，不要浪费时间了，咱当不了演员。她在心里生出一百个不服，在屋子里大声背诵保尔的名言："人的一生应当这样度过……"

高二开学，学校里的戏剧社团纳新，苏小格急匆匆地报了名。在小礼堂的昏暗灯光下，她第一次见到了戏剧社的团长——丁磊。轮到苏小格上台试演，她投入地念了一段《罗密欧与朱丽叶》中的台词。

台下的同学发出笑声："太夸张了吧。"苏小格没想到台下是这样的反应，尴尬地站在舞台上。"不，这才是我们要的戏剧！"丁磊坚定的肯定压下了所有声音。

"她的表演可真是文艺范啊。"说话的是个窈窕的女生，白皙高挑，有着优雅的卷发。苏小格知道她，她叫常欣欣，在学校的"文艺圈"里很有"地位"。丁磊上台跟大家解释戏剧和影视剧表演的区别。苏小格站在他后面，像一片随风飘摇的树叶，终于找到栖身的树枝。想到这儿，她突然发现自己脸上阵阵发热。

二

有一天，丁磊宣布，戏剧社要参加比赛，参赛节目是《卡门》。过几天要选择角色。其实，大家都知道丁磊肯定是无可争议的唐·霍塞。问题是"卡门"，社里的女生都盯着这个角色呢。

苏小格一下子有了奋斗目标。每次戏剧社训练后，苏小格都会留下来练习。陪着她的还有丁磊，他负责把排练的小礼堂清扫一遍。这段时间可是他们的独处时间，苏小格努力地练习，想让丁磊知道，她有多努力。她想让他知道，自己就是那个"卡门"。

"你这么严格要求自己？"丁磊问。

她想说"我想要演卡门"，可没这个胆量，怕说出来反而得不到。她说："我总是怕和人家搭配不好。"丁磊笑："开始都是这样的。这样吧，以后你如果能帮我清扫'战场'，我就和你对戏。怎么样？"苏小格超兴奋，不停点头说："好啊，好啊。"

就这样，有了这层"内线"关系，苏小格更加觉得"卡门"就是自己了。不过，她也在纠结到底该不该这么做，在日记里偷偷问自己："是不是太有'心计'了？"

三

终于到了安排角色的时候，苏小格的心就像刚学会飞翔的鸽子一样不停地扑腾。丁磊和她商量，到底谁最适合演卡门。她好想说自己，但还是没有说出口，她推荐了常欣欣。她说常欣欣有和卡门一样的卷发，其实说这话的时候，苏小格的心里正下起一场绵绵的细雨，憧憬与喜悦都被浇得湿漉漉的。

从那天起，排练的场地里就多了常欣欣的笑声。有一场戏，是唐·霍塞刺死了卡门，然后唐·霍塞痛苦万分，每当丁磊饰演的唐·霍塞向怀里的卡门告白的时候，常欣欣饰演的卡门都会不自觉地笑场。

"不行，我受不了你的话，太搞笑了。"常欣欣笑着说。

苏小格忍不住心里的无名火，说："把这么重要的角色交给你，你就不能认真点吗？"常欣欣没想到她的反应这么大，一下红了脸。

丁磊打圆场："别生气，我看这样吧，你这次不用闭眼睛，看着我表演，你就知道是一种什么样的气氛！"

常欣欣准备好，丁磊就念出那段道白，深情而温柔地说："我是这样爱你，卡门，卡门……"这次常欣欣真的没有笑，她静静地看着丁磊的眼睛，看得出了神。虽然很投入，但这种情景反而让苏小格更加不得劲，是嫉妒吗？她也回答不上来，只是觉得心里酸酸的。

那天排练非常成功。结束后，常欣欣拉着苏小格一起回家。路上，常欣欣问苏小格对卡门这个人物的看法。苏小格就把自己的看法说了，这些观点都是她偷偷在夜里做笔记、学习的结果啊，说得她心里好难受。

她们一路走过长长的林荫道，常欣欣听得很认真，越走越慢。她说："小格，请你以后一定要陪着我练习，拜托，帮帮我吧。"

四

苏小格扮演一个叫梅赛黛斯的姑娘，可以用纸牌来占卜卡门的命运和爱情。她喜欢这个角色，似乎真的可以左右卡门的命运。如果真的可以，她想让一切重来，她越来越后悔自己的懦弱，为什么不勇敢地说出自己想演卡门呢？

正式演出，小礼堂里面座无虚席。后台却乱成一团，开场在即，常欣欣突然腿抽起筋。苏小格急着喊人帮忙，可是常欣欣就是站不起来。丁磊无奈了。"要不然，让我先顶上吧。平时都是我陪着她练的，应该没有问题。"苏小格一下来了勇气。一旁的常欣欣连忙点头。丁磊没有办法，只好让人帮着苏小格打扮，让常欣欣快去医务室。

苏小格也附和着说，快去医务室吧。她暗暗希望，校医院的老师最好把常欣欣留住，演出结束后她再回来。

五

当音乐响起，苏小格轻快地在舞台上舞蹈。她表现出从来没有过的自信，她期待着之后和丁磊每一幕的对手戏。她珍惜眼前的一切，可是她却捕捉到了丁磊的一个瑕疵，在第一幕临下场的时候，那个本该跟她对望的眼神，却从她的身边划过，落到台下的常欣欣身上，是的，她没有去医务室而是出现在台下。

首演成功，常欣欣跑过来和苏小格拥抱："谢谢你，帮我救场，你演得比我好多了！"

可苏小格摇摇头说："不，我不够好。"她悄悄卸妆，一个人走了出去。小礼堂外天已经黑了，却好像给了苏小格某种宽慰，她不必怕别人看见自己的泪水。他们不知道，就在第一幕结束休息时，苏小格看见台下的常欣欣，心里立刻生出一种嫉妒与胆怯。她对丁磊抱怨："你也看见了吧，她根本不是腿抽筋，而是不敢上台才装出的。"没想到，丁磊轻声地对她说："你不该这样说的，这是她昨天和我商量好的。她知道你有多么想得到这次演出机会，所以要求和你一起排练，从那时起，她就想办法让你有个体面的方式上台！"原来，她在用一种无言的方式成全苏小格的梦想。

　　苏小格再也隐藏不住她的泪水，这一次她明白了，梦想再绚丽，也不能用来交换对朋友的真情。第二天，被泪水洗过的心，就像清晨被唤醒的树林般纯净，她要放下包袱，去拥抱那份差点错过的真挚友情。

解码青春期
心理健康课
趣味小测试
快乐聊天室

扫码获取

每个云朵都有光明的未来

✎ 觅　阳

一

她是在高一那年认识幸子的。

幸子复姓上官，她不仅有这自带光环、极易引人关注的名字，幸子的长相也格外出众。白皙的皮肤、大大的眼睛，以及纤细笔直的长腿，幸子无疑是班上所有女生中最显眼的那一个。如此漂亮的幸子是她的朋友，而她的模样与"好看"这个词语一点都搭不上边儿。

平心而论，幸子的性情很温和，完全没有电视剧里那些漂亮女生的娇纵之气。她们一起去食堂吃饭，约着去小卖部买零食，连上厕所也要结伴而行，就像高中时代所有那些女性好朋友间的相处方式一样。

从表面上来看，一切似乎都很和谐，可只有她知道，她不止一次有过"要是幸子长得不这么漂亮就好了"的想法。渐渐地，嫉妒和自卑的心理就像是不受束缚的野草在她的内心深处疯狂生长。

曾有人说过这么一句话：当见到好看的人时，整个人的心情瞬间就变好了呢！爱美之心人皆有之。然而，当你成为衬托鲜花的绿叶时，当你成为美女旁边的小透明时，当你成为他人口中那个碍眼的存在时，你依旧能保持好心情吗？

二

　　和幸子站在一起时，总会有一种无端的自卑感从她的脚底慢慢蔓延至全身，逼得她几乎喘不过气来。其他人都叫她"幸子的小跟班"，就好像她没有名字一样，唯一的标签就是那个很漂亮的女生幸子身边的跟屁虫。

　　"那个谁！帮我把这个放到幸子的桌上呗！"隔壁班的篮球少年说道。"那谁，麻烦把这个放在幸子的抽屉里。"这次的学长挺斯文，在即将离开时又补充道，"啊，对了，奶茶是给你喝的。拜托啦！"

　　幸子的追求者们对她的称呼一直都是在"那谁""那个谁""喂"之间来回变换，礼貌一点儿的男生也不过是顺便带给她一杯奶茶或一些零食，他们从未完完整整地叫过一次她的名字，就好像她只是一个横在幸子和他们之间的工具人，还是可以贿赂的那种。

　　她深深地嫉妒着幸子。

　　对于她来说拼尽全力也未必能得到的东西，总会有人主动捧到幸子面前。在这世上，漂亮的女孩子总是会得到格外的优待，往往她们轻而易举就能得到的东西，其他女孩子却必须付出千倍万倍的努力。

　　她努力通过笔试面试过五关斩六将才进入的社团，幸子只需要凭借姣好的面容就可以跳过各项流程直接过关，并且，那并不是一个像礼仪团之类的对颜值有硬性要求的社团。

　　她们仍然是好朋友，但她明白，平静的水面下隐藏着的是汹涌的波涛。

三

　　文理分科后，幸子有了新朋友——一个长相很惊艳的艺术生。大概是漂亮女生相惜的原因，幸子和艺术生很合拍。从热播的电视剧到喜欢的"爱豆"再到流行的护肤品，两人在一起的时候总是有各种各样的聊天话题。

艺术生和幸子明明没认识多久，却比已经和幸子相处了一年多的她更像是幸子的朋友。两个人的友谊变成了三个人的，后来者与两人中的一个组成了新的小团体，而她是被剩下来的那个。

分科后的第一次月考，她经历了人生中最大的一次滑铁卢。全班一共60名学生，她排在第39名，幸子是第30名，艺术生是第47名。

"按照惯例，班里前20名才有可能考上一本。如今已经分科了，同学们也该加把劲了啊！"班主任意味深长的话一直在她的耳边回响。

艺术生其实考得挺不错的，毕竟，相对来说艺术院校对文化分的要求并不高。幸子的成绩也不好，她竟诡异地感到一丝安慰。

"幸子，怎么办啊？我们都考得好差。"

"啊，没关系。我不是学习的料，我爸说以后送我去国外留学。"幸子微微一笑，漫不经心地答道。

是啊，她怎么能忘了幸子和她根本就不是一个世界的人这个事实呢？如果说幸子是天上的云朵，那她就是地下的污泥。可笑的是，她这块污泥还妄想着能把云朵从高处拽下来和她做伴，却忽略了两者实质上的不同——云朵终究是云朵，她注定会有一个光明的未来，无论是她通过自己的努力得到的还是其他人为她提供的。

四

又是一个周六，坐了一个半小时的大巴后她终于到达家乡的小镇。

父亲一如既往地站立在站牌下面，一见到她，便像个孩子似的欣喜地挥了挥手。她走过去正准备坐上摩托车时，他却让她再等一等。

于是，她站在一旁，看着父亲弯着腰用袖子仔仔细细地擦了几遍摩托车后座，看着他鬓角的白发，继而又瞥到他因为干活而溅到裤腿上的斑斑泥点，她的鼻子猛地一酸，眼泪差点就落了下来。

"爸，我这礼拜月考了。"

"嗯。"他点了点头。

她迟疑片刻，问道："爸……你怎么不问问我考得怎么样？"

"你看上去好像不太高兴，发生什么事了吗？"他避而不谈，转而问道。"爸没什么文化，只会干些体力活，你学习上遇到困难的时候爸也帮不了你。"说到这儿，他无奈地叹了口气，接着道，"钱的事你不用太担心，只要你想，无论如何爸都会供你念完书的。"

她曾贪婪地想过，要是我的父亲像幸子的父亲那样学识渊博、能挣很多钱就好了！但在此刻，所有的不甘与埋怨都消失得无影无踪，随之袭来的是铺天盖地的愧疚与自责。

此后，她跟换了一个人般疯狂地看书和刷题，像是要把缺失了一年多的知识全都补回来。她争分夺秒地吸取着知识的养分，也因此与幸子渐渐疏远。

其实，偶尔她也会觉得这样的日子很自在。她可以全身心地投入学习中，也可以跟同样平凡的女生一起聊聊共同的小烦恼，不必再因为某些外在条件而心生自卑，也不必再当幸子的小跟班。

后来，幸子果然出国去留学了，艺术生如愿被理想的院校录取，而她进入了一所公立二本大学。所幸，她努力了一把，否则高考过后的她又该何去何从呢？

五

　　她并不后悔放弃了与幸子的友谊。她和幸子各方面的不同注定了她们相处的过程中会有大大小小的摩擦，而这些摩擦是当时的她所无力应对的。

　　的确，跨越阶层的友谊是存在的，但不论所处阶层如何，颜值差别大小，她更希望与三观相仿的人成为朋友，因为这样的友情更长久。

青葱岁月，有幸被你照耀

✐　桃　勿

一

你高三转到这个班时，我已经与"怪异"这个词做伴许久。一个人吃饭，一个人完成所有作业，一个人做实验。我在一帮连上厕所都要手挽手的女生中大概格外显眼，我不被需要，也自觉不需要别人。

你踩着上课铃声和班主任一起走进教室时，我从书中抬起头瞟了一眼讲台上笑得一脸阳光的你，只觉得被你的青春朝气扎了眼，便匆匆低头继续写自己未抄完的英语单词。

遇见你后我才相信这世界上的确有这种人，一出现就将其他人变成了陪衬。你站在讲台上，明明是同样土气的蓝白校服，穿在你身上却显得分外惹眼。周围不时传来小声的议论，更让我自卑又嫉妒。我的高中只能被称为"高中"，而你的高中却是老师口中无数次重复的"青春"。

我在断断续续的议论声中了解到你从市内有名的国际中学转来，拿过一些奖，加之弹得一手好琴，很快就成了班里的风云人物。不出意外，你这样的人应该永远与我毫无交集。

变化发生在第一次月考后。我看着成绩单上你在我的名字下方，这时才算真正知道了你的姓名。我们班向来是按照排名自己挑选座位，我照例选择了自己常坐的位置，也做好了自己旁边的座位会空缺到最后的心理准备。正当我整理桌面时，你的声音传了过来："新同桌好。"我心里诧异，却抿紧了嘴唇装作没听见。

本以为你会知难而退，没想到等我整理好桌面，你转手就将桌面上的牛奶和橙子推给了我。我转头看向你，却不期然地被你的笑容晃花了眼，鬼使神差地收了你的"见面礼"。

你在我耳边絮絮叨叨地告诉我牛奶是热好的，最好趁热喝。我全当听不见。你就那么连续说了几个课间，似乎终于察觉到我的无趣，在晚自习时你转头看着我百无聊赖地说道："我以后是叫你小哑巴还是小聋子呢？"

你说完的下一秒，我就拧开了你早上给我的牛奶尽数浇到了你白色的外套上，顺便将那颗圆润的橙子砸到了你身上。在一片哄笑中，我直视着你诧异而狼狈的表情，幼稚地将我们挨在一起的桌子分开了一道一厘米左右的间距。

我埋头在数学习题中，隔绝周围的窃窃私语，在心里嘲笑自己的过度反应，却又嫉妒地想，像你这样的人，永远也不会知道一个绰号如果传得越来越广会对一个敏感又脆弱的人产生怎样的影响，哪怕这个人伪装得坚强又不近人情。

我僵硬地坐着，等着你生气的辱骂，抑或是发泄似的吐槽，没想到你只是脱了外套，捡起了在地上滚得脏兮兮的橙子，一句话也没有再说。

二

大概是我的安静太具有欺骗性，也可能是你好了伤疤忘了疼，第三天，我再次看到了抽屉里的牛奶和橙子。不等我把东西还回去，你已经偏头看向我说："我决定原谅你了。"

我冷笑着无视了你的示好，埋头写自己的作业。按你的话说，我就是很不知好歹。

自此，虽然我没有理你，但是你似乎默认我们和好了，再次开启了话痨模式。当然一直是你絮絮叨叨讲各种事情，我冷眼以对。

后来你偶尔会指一指习题册上自己不会的物理题让我帮忙解答，也经常会在早读的时候纠正一下我某个英语单词的发音，顺带帮我画画重点。你嫌弃我明明不是哑巴，却除了早读基本不出声。我在纸条上写：那也比你这个瘸子好，英语满分物理不及格。

你却在纸条上写瘸子和哑巴也算是天生一对。我握着那张你给我回的纸条愣了很久，最后还是悄悄地将它攥在了手心里，不敢再打开。

那年冬天的第一场大雪在这座北方城市落下时，已经快要到年关，我戴着棉手套抱着英语单词书，站在楼道里看班里的同学在雪地里打雪仗，享受学期期末的最后的狂欢。

看着你也在其中忙前忙后地团雪球，我转身进了教室，没有再出去。那时我再次清晰地意识到我们是不一样的。我在待了将近三年的班级里像是编外人员，而你这个后转来的插班生，却迅速融入了集体。

下午活动课时，你突然神秘兮兮地嘱咐我一定要去楼道透透气。我虽觉得你啰唆但还是出去了。果然，一出教室就听到你喊我名字。你穿着灰色羽绒服，在雪地里不住向我挥手，旁边站着半人高的小雪人，脖子上挂着我的红围巾。

"送给你的！可爱吧？"你的声音携卷着冬天的冷风扑面而来。我笑你幼稚，心里却感动得要命，一直怕冷的我第一次觉得冬天似乎也不错。

三

第二学期伊始，一直独来独往的我，终于有了和我一起吃饭的人。

向来在教室吃饭的我第一次在食堂就餐，刚坐下就听到了一个熟悉的称呼："小结巴？你的英语念成那个样子还能考上一中？"

看着那张熟悉的面孔，我只觉得一瞬间血液全都冲向了头顶，只能使劲攥着手上的筷子压抑住喷薄而出的情绪。

"卑劣！"

聪明如你，一瞬间就明白了对方话语中的恶意。我看到你站了起来，扬着下巴冷睨对方。

"嘲笑别人的缺陷很有意思？"

你永远不知道那时候站出来维护我的你，是以怎样有力的方式将我从黑暗中拉了出来。

后来我收到了你的道歉信，关于最开始做同桌时给我起外号那件事。这迟来的道歉瞬间让我红了眼眶，随着道歉信一起收到的还有泰戈尔的诗集。

高三第二学期格外短暂。我帮你补物理，你帮我的英语更上一层楼。有时我喝着你准备好的牛奶会忍不住想：若是我过去所受的嘲笑都是为了遇见你，似乎也是值得的。

临近高考，学校最终同意空出两节晚自习的时间让各班准备毕业典礼。你在一众同学的帮助下从音乐室搬来了钢琴，美妙的琴声将一堆敷衍了事的节目比了下去。我恍惚地看着钢琴后光芒万丈的你，这才知道先前有传言说你弹得一手好琴是真的。

一曲终了，你站起来说："《第五交响曲》送给我的同桌。贝多芬能够扼住命运的喉咙，我的同桌那么优秀，已经克服了口吃，就要多说话呀！"

想起来实在是抱歉，我那时在一阵欢呼声中掩面而逃。我明白你只是想要鼓励我，但还是恨你不经过我的同意就将我从不愿意示人的伤口揭开。而我始终不如你想象中那么强大，无法面对自己脆弱的内心。

四

仅剩的最后一个月里，我们又回到了一开始做同桌时的沉默，不过这次，没有了你的絮絮叨叨。之后，你去了异国留学，而我也选择了一座千里之外的城市读大学，远离过去种种。

很久之后再翻开你送我的诗集，我这才看到夹了书签的那页上面写着：世界以痛吻我，我却报之以歌。

耳机里还是熟悉的钢琴曲，我看着窗外的阳光，只觉得这座北方的城市与我离开时似乎毫无变化，却又似乎哪里都不一样了。我失神许久，细数过去种种，想起来的人与事，居然都与高中有关，而我的高中，却无外乎都与你有关。

你是耀眼太阳，拥有万丈光芒，而我有幸曾被照耀。